如此生活 如此爱

散文集

陆华丽 / 著

群言出版社
QUNYAN PRESS
· 北京 ·

图书在版编目（CIP）数据

如此生活如此爱 / 陆华丽著 .-- 北京：群言出版社，2017.11

ISBN 978-7-5193-0362-4

Ⅰ. ①如… Ⅱ. ①陆… Ⅲ. ①散文集－中国－当代
Ⅳ. ① I267

中国版本图书馆 CIP 数据核字（2017）第 292981 号

责任编辑：潘　昊
封面设计：李多胜

出版发行：群言出版社
地　　址：北京市东城区东厂胡同北巷1号（100006）
网　　址：www.qypublish.com（官网书城）
电子信箱：qunyancbs@126.com
联系电话：010-65267783　65263836
经　　销：全国新华书店

印　　刷：成都新千年印制有限公司
版　　次：2018年4月第1版　2018年4月第1次印刷
开　　本：880mm×1230mm　1/32
印　　张：8
字　　数：180千字
书　　号：ISBN 978-7-5193-0362-4
定　　价：35.00元

如此生活如此爱

时光总似匆匆，又总似漫漫。仿佛一切都可以蹉跎，也可以奋斗。从上一本书到这一本书，差不多过去了近四年的时间。幸好，有文字不疾不徐地相伴左右，让流逝远去的曾经缓缓地前行，又永久地停留了下来。那些经历过的日日夜夜，皆藏在了我的文字里。

相遇的，无非是大多数平凡而普通的日子。可我始终深信，每一个人的心是可以主宰悲喜的。看过的风景，爱慕过的人，路过的心情，经历过的事，全部会在过往的岁月里留下痕迹。同样的境遇，不同的心态，便会走进完全不同的后来。

花朵烂漫，人生多情。爱，是很奇幻的情绪。但也正因为此，爱让我们的生活五彩斑斓。活着，并能爱着，就是幸福的存在。纵然细想前尘往事，不如意的事比比皆是。那又如何？人总是要不停地往前走、向前看。想来，很多人的心中都是有执念的，放不下、舍不得……诸如这般的情绪，也无妨。当时间流转，到了可以领悟懂得的时候，或许就自然而然地明白了。执念在心，困顿的只会是未来无数的日子。学会放下，确实很难，却也应该在余生里努力做到。这世间，终有太多的事情不可强求。

我只想如此生活如此爱，淡泊而欢喜，坦然而真挚，历经世间种种，都能深情地凝望、无悔地回首。其实，所谓的执念也罢，痴妄也好，不管哪一种心思都是有缘由的。爱过的，恨过的，经过岁月的洗礼，都会成为现在的模样。凡事皆有因果。

寂静的时光里，愿意给自己留一些尽情书写的空间。一段段，一篇篇，那些由心所想、由心所至的文字，承载着悄然消逝的年华中真实又重要的心情。对于生活本身而言，心情是在不断变化的。可能因为经历，可能因为心态，无一不发生着不可预知的变化。没有多少事情，是我们能够百分之一百掌控的。有些选择，尽管艰难，但也必须由我们自己来抉择。放弃或继续，都将是生命的另一种升华。文字，并不是我生活的全部，但却是让我的生活变得丰富而充盈的源泉。

常常想，我爱过谁，谁又爱过我？那些不同时间的爱，那些不同性质的爱，终将我的世界变得完整。有些人，爱着爱着就不见了；有些人，爱着爱着还在身旁。或许，这世上，还有很多不曾听见过的爱意，默默地始终存在。爱与不爱，欲说还休，一切都凭缘分吧。

年少的时候，渴望轰轰烈烈的情，张扬地表现自己也无所畏惧。到如今，走过一天又一天的人生路，那些想法早已烟消云散。都说，哪一天你开始在意自己的健康、渴望平淡的生活时，就说明你的年纪大了。或许现在的我，就是这样的想法，但我的心仿佛还年轻如昨，并不衰老。只不过确实会更希望拥有细水长流的情怀。过去的日子里，不想说再见的生离死别，可能在仓促间就让泪水湿润了岁月。那又何必等到无法再爱的时候再说爱。我只想怀着对世间的爱，认真率性地生活。四季的风景里，书香的沉醉里，陪伴的成长里，职业的魅力里，都有可能深藏着值得我们深爱的生活情趣。我愿意从从容容地和它们相遇。每一次的心动，用语言来记录，将那些瞬间闪烁的情愫更久地持续。

在喧闹的尘世里，静寂某些光阴，知道自己想要什么，也知道自己想走怎样的人生。所有的念想，落入文字的流动里，看似分散的文章却又是整体的统一。那是我对这世界的喃喃自语，也是我对这世界的款款深情。日子一天天地过，爱从不颠沛流离。我的文字，若是让你同感，请让我们一起如此生活如此爱。

CONTENTS

目 录

第一章 生活之味

第二章　书香之韵

第三章　陪伴之美

第四章　职业之光

第一章 生活之味

一些散落在生活中的柔情，渐渐地长成了生命中最美的情绪。

清浅的流年

三月的江南，雨水频繁。明明还是暖如夏的天气，转眼就坠入冬的薄凉。只是那些带着春天味道的雨，让整个城市渐渐地拥有了花开明艳的气息。

我漫步烟雨中，心下安静，融入雨蒙蒙的街景里。行人来来往往，看似无比繁华喧闹，而我的情绪却感受着深藏其间的清冷，更近地倚靠静寂，任心中的某种情绪攀爬于心。雨水的湿，淋进模糊了的记忆，渐渐停留在那些过往堆砌而成的片段边缘。风，轻轻地吹过。空气中，充盈着微凉的气息。可，心又甚暖。

那些时光已经久远得无法用天数衡量。只是在回忆的光带中，一切都依然清晰可见。那些年里，一步一步地走来，很多具体的场景，我已看不清，也记不得了，但可以望见的，是自己始终努力微笑的心情。我幸之，无论身处何时，我都可以，或者更确切地说，我都愿意面朝阳光。我喜欢那样的感觉，因为仰望太阳的时候，阴影总会在自己的身后，总觉得那样可以遗忘生命中的悲伤。即使走在烟雨如云的背景里时，我仍然能感受到曾经满溢世界的光亮，以及那些光芒带来的春暖感觉。无论何时，都能觉得生命中存在的阳光一直在四周照耀着。我在回忆起过去的时候，不禁微笑了。我知道，因为那些感受过的种种悲伤，早已被阻挡在笑容之外！

生命中的沉重，谁都不可避免。很多事情，并非能随心意左右，而比事情本身更重要的，应该是更多的时候，我们拥有的是怎样的心情。我们可以选择的，仅仅是遗忘或是铭记。朋友都说，我是阳光的。我喜欢那样的评价，喜欢迎着阳光而成长。我了解自己，从不想那些忧伤侵袭蔓延，不想在回忆中浑沉不安，只想保持一种好好的心态，在回想中安然。忽然发现，在记忆中，岁月可以开出花来。

就像雨雾中遇见的树，在时光的流淌中，悄然地开出热情奔放的花来。雨水的润湿，让花儿们带着备感娇羞的美，带着让人怜惜的纯。与阳光下的它们有些不同，但蕴含着的美感依然让人心动。那些明快的鹅黄色，鲜艳的大红色，深沉的绛紫色……姹紫嫣红的颜色，组成了色彩缤纷的春天。谁又能否认，这些颜色，可以涂抹成我们的生命色彩呢？晴天，抑或雨天，都遮挡不住它们与生俱来的魅力。不同的天气，弥漫出来的就是不同的风情。清风起时，不自觉地掠过树梢，花瓣飘落，唯美、雅致，毫不伤春。

所见之景，所有之情，不澎湃，不狂野，夹杂着清澈几许的纯粹。怀着这样的心境生活，多好。如果在回忆的倒影里，能望见自己过去微笑的表情，总是很好很好的场景！

明天会是何种模样，我们无法确定。但人生的路，始终在我们脚下。那些曾经的沉重，就让流逝的岁月一并带走。清浅的流年，让我们的人生不再沉重。

迎春曲

路旁的树木，渐渐吐露春意，一片片地绿盈了街景的青葱。花坛中的花，悄悄绽放花颜，一朵朵地缤纷了城市的色彩。风也慢慢地柔和起来，让人忘记了整个冬天的寒冷。淡淡的阳光，一点点地升温了。仿佛那些冷意肆虐的日子早已远去，再无踪迹可寻。

这时候的风，不强势，不狂野，不会把刺骨的凛冽送达心间。阳光是和煦的，不算热烈，温温和和，正是令人舒服的质感。所以，能让人尽情地感受着风的清新，惬意而喜。站在阳光下感受到的，不仅仅是那份触及肌肤的适宜温度，还有些暖洋洋的心情，都在悄然间驻进心的深处。心，原来是极喜欢这份春境的！

就算在这样温婉柔情的春天，我也不得不长时间地坐在背阳的办公室里，更多的是与清冷共处。可是，我倚窗而坐的位置是在极高的楼层之上，正好能望见室外整片整片的阳光。我看见灿烂的春光，温柔地洒落在一幢幢高楼大厦之上。眼中所见的街景，忍不住怡人悦目起来。高架桥上的车辆频繁驶过。即使这样会让看得见的场景显得极为匆忙，但那阳光本身以及阳光流露的温柔，让这景致瞬间柔和起来，也让自己的心始终柔情如春。

望着和煦的春色，如同聆听优美的乐曲。在曲音的想象里，在眸间的真实里，春天拉开了帷幕，展开了风景。那些美好的曲声回荡四周，在春的背景下，弦如妙音。我的心，禁不住一再地柔和，一再地沉醉。春天，真的已经迎面而来了。在街道两旁，时不时地看见绿绿的树丛中掩映不住的大片嫩黄，时不时地看见青青的草地间遮盖不住的大片粉红。春天的感觉，不知道从什么时候起，已经无处不在了。种种缤纷的色彩，呈现出春之情、春之韵。

上班下班的时候，总会在这样那样的春色旁穿梭而过。早在不知不觉中，它们已经渗透进了街道两旁的风景里。唯一需要我们做的，则是去感受春天的气息而已。春的风情，很简单很纯粹，就在我们呼吸的每一口空气里，就在我们欣赏的每一个景色里，就在我们感悟的每一份心情里。我们迎着春天而行，从容地享受着其中的诸多细节。春天，应该就在那个时候，种植进了我们的心里，随着春风而生长。我们伴着春天，听着关于它的歌曲，谁能拒绝这般美的感觉？这样想来，我们早就与春天在一起了，我们也一直和春天在一起呢。

迎着春风奏响的曲韵，所有的柔情随之而动，如在耳畔，又萦绕心底。

和我相遇的春天

【壹】春风轻拂

春风柔柔，迎面而至。街道旁林立着的树木，笔直挺拔，蜕去了枯萎一冬的表象，都更加努力地生长着。树叶，片片拥簇，原本就给人以希望的蓬勃，再加上阳光的照耀，带着些反光，浅浅地绿着。时不时地，风轻吹而动，摇摇曳曳。视线里的景致，一下子就生机勃勃起来。

时光，依旧在流转，一季又一季地轮回。每个春天，仿佛相似，又肯定不同。清风，自田野吹来，一路盈盈；春意，携欣喜的心情，款款归来。

对于花草树木，我常常分辨不清它们的名字。可这不会影响我见到它们时，心里不自觉地流露出来喜欢。只要感觉美好，有时，也无须多精准的思量。

遇见美艳的花或者高大的树时，会忍不住放慢脚步，甚至停留下来，静静地与之对视。总觉得，它们也是有生命的。看着它们的时候，它们应该会感知身旁的欣赏之情，生长得更加努力吧！

不过如今，即使喜欢这些花花草草，也很少再把它们带回家去。以前，一看见漂亮的花儿出售，会毫不犹豫地买下。可是对于养育它们，一直不得要领，多半会以枯萎告终。到后来，更愿意站在它们生长的地方，看着它们自然地花开花谢，叶落叶长。喜欢的，并不一定要时时而见吧。如此相见，也觉甚好。

看着树叶婆娑，相拥成翠。摇摆舞动之时，光线也在随之而变。一切的场景，并不复杂，却让心弦轻动。在相遇的瞬间，会觉得这绿意充满无限的生命力。

【贰】春花似锦

春来花开，处处能望得见花团锦簇的美景，在阳光照耀下柔软于心。在路上走着，时不时地，就有娇艳盛开的花闯入我的视线。那份心动，那份欢喜，遮挡不住地前来。

微风吹过，落英缤纷。花瓣飘落的过程，总是唯美的。每每相见，都很想让心情定格在那瞬间。如果可以，就请时间为我停留下来吧！

以前，不太喜欢用手机拍照，但近来，却爱上了这样的方式。面对花儿，用照片的方式记录下它们美丽的容颜。

关于摄影，一直懒怠去学习。但也一直觉得自己与摄影处于不可脱离的关系。就如与某论坛的摄影版，这些年来，始终处于一种不能远离的状态。心里总有着愿望，什么时候好好学习摄影。但，又觉得凡事随缘便好，不愿刻意。或许，如今的我，没有了追求的热情。在目前的状态下，随心而拍，哪怕只是手机所拍，哪怕只是用最简单的方式后期处理下，我的心情依然是欢喜的。

挂名摄影版首席版主，算起来时间不短了。但我想，那是由很多原因产生的现状，和我的摄影水平没太大的关系。在生活中更重要的，是我不管在什么时候，喜欢并欣赏美片的心情一直都在。现在，又喜欢上了简洁的拍照方式，享受这份感觉也很好。我在哪儿，以什么样的方式存在着，这些都有什么关系呢？只有我愿意用什么样的心情分享着，那才是生活的真实感觉。

那条长长的街道，天天都会经过。不知道什么时候，那些花朵悄然开放了。当我见到的时候，已经花颜正盛，各色的花竞相争艳着。每遇见一次，都会不由自主地被吸引。每个人的心里，总是有着浪漫情怀生长的地方。有时，我们让现实的忙碌遗忘了它的存在。可是，就是这样不经意的细节，不用特意去公园寻找春色，路旁就能见到默然冒出的春日气息来。

花容美丽，朵朵动人。不一样的色彩，不一样的姿态，却散发着相同的让人过目难忘的怜惜。我的心，正因为这样的遇见而备感柔软。就是这样的春天，就是这样的花颜，让我的心情不断地柔软着。花红叶绿，涂美了沿路的风景，还有我心中对春天的热爱。

【叁】春雨连绵

日子，时晴时雨。有时，阳光灿烂；有时，雨意连绵。这个时节，雨天的日子更频繁些。往往是朦胧雨色，阴阴而至。也许连续数日，全是剪不断的雨丝。

烟雨蒙蒙时，听着一些音乐，歌声在空气中缥缈不定。清清寂寂的空间里，流转着相似的心情。不管想不想见，这几天的娱乐头条，都是一些当红明星出轨的新闻。这样的消息总会让心情不够晴朗。在我们的心里，还有着自己对爱情的认可标准。但还好，娱乐新闻毕竟就只是娱乐新闻罢了，不管如何大起大落，都不会影响我们的生活。他们对我们来说，即使再喜欢，我们也只不过是路人罢了。情意两相知，只有相爱的彼此才能真正明白心里拥有过的情感。

就算是阴雨绵绵，相随不弃又如何。走过的街道旁，不是还有那些明亮的花颜吗？它们会点亮视线里的心动。我知道，我愿意为它们的美而停下脚步。

细细密密的雨，清洗着整个城市里尘起尘落时黏附上来的灰意。叶或者花，会随雨而飘，淡淡然然地掉在地上。只是没有枯萎的萧瑟，没有颓废的沮丧，不会让人感觉悲凉。凋零更替，周而复始。我们所见的，会是生命轮回的过程。走在雨景中，因为春意的缘故，依然感觉到的是富有朝气的生长力量。

那些雨天，没有用拍摄的方式记录下花的容颜。可我记得它们在晴天盛开的表情。在浅雨而落时，心里总有着期待想看到阳光明媚的日子。雨过天晴，将是更喜欢的心情。

于是，我用这样的方式诠释了我相遇的春天。

妇女节幸福

淅沥的雨丝，连续地洒落不停，都不记得是从哪一天开始的。只记得如此的绵绵不休，也记得这些雨忍不住让心情有些惆怅了。原本以为，今天必定如天气预报所言，依然是个春雨如丝的日子。却没料想，即便没有热情的阳光而来，但值得高兴的是，无雨。

充满祝福的日子，总是希望一切都顺心如意的。我的心里，装着满满的爱，有爱便有幸福的力量。是呀，每一个值得祝福的日子，我总能相遇那么多的美好，如此安慰！有些朋友，或许是平日里不多联系的，但会发条短信，或者网上留言。每次这样的相遇，都会触动我柔软的心弦，任温暖的情绪把心情弥漫至幸福。

女儿早把这样的日子记在心上。前日放学，央求我绕一丁点儿的路去小饰品店，我们平时也常去的地方，所以，我未多想，在店外等她买些小东西就出来。进去的时候，她说她已经带了零用钱了，不用我给她钱，我稍稍诧异，但也没在意。等她出门，她递给了我一个很漂亮的眼镜盒，满脸微笑地提前祝我妇女节快乐。我莫名地感动，也很温暖。看得出来，她挑东西很用心，沿袭了我一贯的主张，既考虑了美观性，也考虑了实用性。何况，我以为，这是充满爱意的礼物，在我爱的记忆里，一定会好好保存的。

昨天傍晚，接女儿放学回家的路上，经过花摊的时候，女儿说：“妈妈，我去买束花，你挑你喜欢的，先替我垫付下钱，回家了还你。光有礼物，缺了花，总觉得少了点什么。”我欢喜地去挑了一束淡橙色的玫瑰花，不艳丽，但温暖，很符合我的心境。回到家，把它插在花瓶里，觉得极为悦目。这样的意境，怎么会不喜欢！女儿到家后，立刻把买花的钱还给我了，说这样才是正儿八经她买给我的花，我当然照收不误。

今晚放学回家，女儿难得迅速地做完了作业，只为了能有时间做晚饭。虽然说，她很小的时候就能折腾几个简单的菜，但这个寒假才学会做菜正式上厨的。做完作业的她，烧了个糖醋小排，做了个汤，而且网上买的布丁粉正好到了，她又试着折腾了个布丁出来。端放在桌上时，满满的心意。事实上，无论她做了什么，或者做得好不好吃，都无关紧要，有她这样的行动表达就已经足够。

今日，其实照常上班的，除了众多祝福之外，也没有更多的特别。但就是这些祝福，一点点地照暖了我的心情，很温暖，很阳光。天，是晴是阴，又有何干呢？平凡的日子里，遇见不一样的心情、不一样的祝福，便是不一样的幸福。

爱就是彼此依靠

在年少的辰光，总以为所谓的婚姻，就是在某个相遇的瞬间，望见彼此的两个人一见倾心，然后爱得轰轰烈烈，结婚生子，直至白头到老。可是岁月沉淀的过程里，渐渐地感受着自己的、他人的爱情婚姻，才发现落入尘世里的现实，更接近柴米油盐酱醋茶，酸甜苦辣各不相同。

每个人所期许的梦幻愿望，与所见到的真实世界，都差别太多。我想，我也不例外。但在岁月磨砺之后，对于生活的本质会有越来越不同的认知。最好的生活，是我需要你的时候，你就在我的身边可以依靠。

而在我所能见到的视线范围之内，不得不提到的就是我的公婆。应该说，这么多年来的相处，他们让我原先的理想化、浪漫化的爱情观、婚姻观有所改变。在他们身上可以感受到的是，原来，有一种婚姻叫坚守，有一种恩爱叫依靠。

认识公婆的时候，得追溯到十几年前，也算是我和老公的相亲见面时。第一次相见，他们都显得极为年轻、亲切，没有距离生疏感。之前相识他们的人也都告诉我，他们脾气都相当好。总之，确实是我认为的温暖家庭氛围。接下来的日子，我和老公恋爱、订婚。一切都显得顺理成章、美满和谐。

和公公婆婆的接触，自然也多了起来。公公主外，建筑行业的职业，总归是随着工程项目的地点变更而四处奔波；婆婆则主内，每次去他们家，她总是烧一桌子好菜，性子也温婉柔顺，典型的家庭主妇。

只是这样看似美好幸福的日子，终究因婆婆突如其来的一场疾病给颠覆了。一次次的化疗与放疗，除了金钱的流逝之外，对她的身体也是不可预测的伤害。时光在无情地游走，而她也渐渐地从不能干重活，变成了不能下床活动。这些变化，从我结婚之前慢慢延续到现在。婆婆患病的最初几年，她原本的好脾气常常会消失。埋怨、胡思乱想等情绪，对于生病的人来说不可避免，也情有可原。但不管怎样，就算她偶尔宣泄的坏情绪也只会面对她的父母或者她的丈夫。在我和老公面前，她从来不会。而她的父母、她的丈夫，都以体谅的心态，包容了这一切。过了那个阶段，婆婆也恢复到了从前的好脾气。说起来是三言两语的事，但身处其中的人，都会明白经历这样一个心路历程，到底有多难。

对于如此现状，事实上，家庭结构也开始发生改变。公公除了挣钱养家之外，还肩负起原来婆婆做的很多事情来。他是家庭归属感以及责任感极强的人。不管他在哪个地方的工地，一有空就会开车赶回家。其实就算在最近的上海，那时只能靠汽渡来摆渡过长江，单程恐怕最少也要花费三四个小时，但他也是一周一回，最多间隔两周一回。回到家，他又会抢着干我和老公平时可以分担的家务，买菜做饭，风风火火，忙忙碌碌。

都说人到中年，上有老下有小。在这个阶段，本来公婆本可以开始极为轻松的生活，却因婆婆的病倒而陷入了一种艰难，这种艰难来自积压在精神上的长期负担。但谁也没有抱怨，彼此依靠着向前走。婆婆虽然病着，就算不能下床，家里的事情依然事事清楚，管理得井井有条。

这么多年，公公对婆婆的照顾，无论从哪方面来说，都无可挑剔。我以为，男人对家庭的责任尽到这般地步，足以让子女自豪和尊敬。而这些言传身教的行为，势必影响着他身边的家人。就说我老公，也从最初不知生活忧苦的男孩子变成了挑起家庭重任的男子汉。对于他母亲的好，想来很多人都比不上。他的孝顺是真实具体的行动，这十几年来只增不减。他会和他父亲一样，在他母亲不能爬楼时，背着母亲上楼下楼。他会和他父亲一样，在他母亲有些东西不能食用时，想方设法买些他母亲可以吃的食物回家。他会和他父亲一样，在他母亲不方便自己吃饭时，耐心地坐在床前，一勺一勺地小心喂着。前些时候，他还特意在网上买了套剪发工具，然后细心地给躺在床上的妈妈修剪头发。现在即使因为工作等关系，在外地的时间比较多，但他也是和他父亲一样的，一有时间就想着飞奔回去，回到妈妈的身旁陪伴。现在虽然有阿姨照顾，但是每次回去，他妈妈的手指甲、脚指甲都是他亲自剪的，头也是他亲自洗的。那些场面，说有多温馨就会有多温馨，说有多暖意就有多暖意。

日子流逝间，经历的自然大多是平淡种种，可这才是更真实的生活。有爱的时候，就是最好的生活。谁都没有办法预测未来的幸福指数，但恩爱就是彼此依靠，我如今深以为如此。无论对爱情对婚姻的观点如何改变，但万变不离其宗，真诚而善良地、有责任地爱着——所谓爱，一定是在我需要你的时候，你就在我的身边可以依靠。

这一年清明时节

这一年清明时节惆怅的雨，下得稍晚了些，直到清明那天的傍晚才开始落下来。只是，若是心有所伤，就算艳阳高照、春暖花开，那些深藏着忧郁与怀念的情愫，也终究挥之不去。雨，淅淅沥沥地下了好几天，心情愈发湿答答的。

婆婆去世的事实，总让这世间原有的幸福残缺了。清明扫墓祭祖时，她已离开我们两个月了。安息堂外，春天的景色到处都是。田野里大片大片的油菜花盛开着，麦苗正在拔节，绿的黄的，满是这个季节的色彩。祭拜之时，并没有看得见的泪水恣意流淌，但也无法清除心里余存的忧伤。永别之后，尤其是我一个人和静寂时光独处时，时常会在心里浮现一些场景、一些片段，滋生出一种难以言及又心痛的情绪。

大年初四那个清晨，本来以为只是我的第十六个结婚纪念日的开始。这样的日子，具有浪漫情怀的法国人将之同样赋予了“蓝宝石婚”的说法，和大多数国家的四十五周年结婚纪念日一样的称呼。可事实上，最终却是感受了一整天的忐忑。那天，婆婆意外病危送医，第二日竟抢救无效而去世，我们婆媳十六年的世间情缘戛然而止。她来不及留下一句告别的话语，就这样匆匆离去。无数次，我的脑海里浮起在救护车上她无力地睁开眼睛的样子，那也许是她在世间最后一次睁开眼，她应该是想看见些什么，但可能什么也没有看到。

这些年来，她没有走出过屋子，大多数的时间也是躺在床上，即便如此，家中的宅院里还是因为她的存在而始终生机盎然。自她匆匆过世之后，我们回去过几次，因为平时家人都在外地工作生活，所以庭院寂寂，无声无息到让人冷清。房前屋后的玉兰花、桃花依旧缤纷绽放着，金灿灿的菜花和绿油油的庄稼也还是春色浓郁，可没有了婆婆的呼吸，一切都变得异常寂寥。

已过去的六十多天，有过太多的不舍和感伤，有时候埋藏在心底，有时泪流不止。对于人生、爱情、婚姻、生命……都因婆婆的离去，忽然有了不一样的理解。第一次这么近距离地感受永别，无能为力到只能接受现实。也终于明白，原来无论何种情缘，都由不得自己。这世间没有多少爱可以重来，也许唯一可以做到的，就是格外珍惜地拥有现在。

那天在重症加强护理病房门外等候着，虽然医生的结论并不乐观，但是在心里，还是多么期望可以出现生还的奇迹！然而并没有！有时又换种想法，也许这样的离去，对婆婆来说痛苦是最小的。但对于我们，还是太突然！因为突然，所以，很多时候，我更愿意相信她只是长长久久地睡着了。我情愿相信，在另一个地方，真的有着他们重新生活的新世界。我的女儿她的孙女，有一天傍晚躲在自己的房间里写诗，写到泪流满面。那首诗正是她写给奶奶的思念，题目就是《彼岸花》——“……你没有回头，独自一人在一路红花中，渐行渐远。目送你走向远方，我知道，过了这道弯，便是永别……”

聚散离别，都是生命之必经。逝者已去，生者还得继续。近来，阴雨绵绵与阳光晴晴相间，我们每一个人都努力地微笑生活。想来，随着时间的流逝，那种痛彻心扉的感觉会渐渐消失不见，慢慢地会变成思念。然后在思念里，我们会认认真真地爱着一切值得爱并可以深爱的，那就是最好的生活状态了。

姐妹情深

见到三奶奶的时候，就在她的家里。见有人来了，她立即迎到了门口，比谁跑得都快。虽然之前已经知道她近百岁的高龄，但这样的见面，还是会情不自禁地大吃一惊。她矫健的步履，让人有种错觉，觉得她似乎只有六七十岁的光景。

因为是奶奶的亲姐姐，所以长相有几分相似，却又有几分不同。奶奶常年在乡下劳作，晒得皮肤黑黑的。三奶奶则不一样，规律而居的城市生活，让她皮肤白皙。两人坐在一处谈笑风生的时候，姐姐反而更像是妹妹，妹妹反而更像是姐姐。奶奶在 2009 年生病去世时，当时已经 99 岁高龄的三奶奶依然坚持前来，送她亲爱的小妹最后一程。

经历了 100 多年的沧桑人生，三奶奶本身就是一部传奇。

她的生活，就是四世同堂的现实故事，比别人拥有更多的世间情感。不过，也正因为如此，在岁月的流逝里，她也不得不经历比常人更多的生离死别。在三奶奶年轻的时候，爱人不幸感染风寒离开了这个世界。所以，她以中国女性特有的坚韧乐观抚育了年幼的孩子，见证了一代又一代的儿孙满堂。

她待字闺中的时候，就打理一大家子的琐碎家事，并且井井有条。其实，说起三奶奶的娘家，在启东应该说还是有一定影响力的，其中不乏风云人物。三奶奶名叫顾南英，其叔父顾西樵，启东最早的拓荒者之一，并致力于慈善公益事业；她的某个表哥——顾南群，在上海创办了第一家规模最大的独资私营医院——南洋医院（后改为上海胸科医院、瑞金医院卢湾分院）以及南洋医科专门学校，任院长、校长；表侄顾恺时，顾南群之子，留美博士，中国心胸外科奠基人、上海胸科医院的创始人，中国当代胸外科四大“开拓者和奠基人”之一；表侄顾衍时，国际知名财经专家，美国克勤国际企业集团公司总裁、美国加利福尼亚州前代理州务卿、中国国家税务总局顾问。

三奶奶上面两个是哥哥，所以她也俨然是弟弟妹妹们的大姐。我老公的奶奶，则是他们的小妹，所以我对三奶奶的印象全来源于谈恋爱之后。三奶奶给我的感觉，跟奶奶一样，姐妹之间有很多相似的地方，尤其是待人接物非常热情周到，大约也是他们顾氏家族遗传已久的优秀品质。

就像第一次踏进她家门口起，她便忙碌不停。招呼我们坐下，拉着手寒暄着，家长里短地聊了一会儿。期间，她突然起身离座，忙着切橙子给我们吃。让近百岁的老人动手招待，总觉得深为不妥，但她手脚利索，除了让我们羡慕她此刻的状态之外，更是增添了自己年老人迈时也能如此健康的向往。不一会儿，三奶奶又去拿了一串香蕉过来，还端了一盘坚果。聊着聊着，就喊我们吃东西。她的脸上始终笑意满满，三寸金莲走起路来也是别有味道。

一直居住在启东的姐妹，只有三奶奶与她的小妹，所以姐妹俩感情特别深。每当奶奶去三奶奶家小住，她们都会显得格外高兴。她们也有共同的爱好——看电视。电视里播放的是什么节目并不重要，她们肩靠肩地坐在沙发上，聊着最简单、最美丽的亲情。三奶奶常常喊着“小妹、小妹”。奶奶说起哪天要回自己家了，三奶奶便一脸的不舍。她也会偷偷地准备一大包东西，等奶奶回去时让她带着。走的时候，叮嘱奶奶：“小妹呀，这个是补身体的，这个你要记得吃。”

不知道奶奶离世时，三奶奶会有多么伤心难过，但这样与相处八九十年的妹妹生死相别，想来是种难以言表的伤痛。她从此也失去了一个说说体己话的同龄亲人。

有时在想，百岁老人与家人是多久多长的缘分，是寻也寻不来的福气。家有老人珍如宝。曾经与小妹的姐妹情深，也会是难得而遇的缘分。三奶奶的好心态、好性子，生活有规律，这些都是求也求不来的珍贵。在我的印象里，三奶奶淡泊处世的人生哲学，便是长寿安康的秘诀。她享年 104 岁。

花 恋

与连续的雨天道别之后，继续走向夏天的日子，并没有过于炎热。微风徐徐，轻轻拂过肌肤时裙摆飞扬。所感受到的，大多是适宜而惬意的。

午后，窗户处吹进来的风儿，稍有暖意。倦倦的情绪悄然而生，却没有强烈的夏困感觉。寂静独处时，没有音乐相伴是过于冷清的。所以，听着熟悉而带着悲伤情愫的歌。总觉得情歌应该带着略微伤痛的味道，在听着听着之后，才有可能会让人喜欢上其中的某首歌曲。

耳畔传来的声音，是在乐曲中央不停的伤怀，但聆听着的我，只是想让那些曲音飘满空旷无声的屋子罢了。于自己而言，无境而伤，并不影响心情。

随意地翻看着手机，正好见到几张近日随拍的花颜照片，忽然有了写文字的感觉。对于文字记录生活的方式，似乎总是一阵阵的，有时会特别勤快，有时会特别懒怠。成文，并不难。很多时候，只是懒散罢了。不过说到底，无论哪种情形，都觉得是自己拥有着的生活状态，也是自己感受着的成长过程。没有行动的时候，往往只是放慢了生活的脚步而已，去学着思考，去学着沉淀。

那些花儿微笑着的表情，总能在遇见的瞬间打动我。我能记得经过它们身旁时，被惊喜到的心情。楼下的栀子花，一夜之间忽然全部开放了。纯洁的白色，成片地绽放着。风轻轻吹过，花树摇曳。远远地，便能闻见清淡的花香，栀子花特有的风情。日日经过的街道，景致似乎没有什么变化，只是随季节变化而开放的各种花，会用不同的色彩为街景增添着别样的情调。低调朴素开着的花也好，高调奢华开着的花也好，皆因为本身的花颜，在绿叶丛生间显得格外动人。哪怕是墙角处小小的花儿们，会让我在路过时一眼就望见它们的模样，并且愿意为它们停下匆匆而行的步履，哪怕只是停留片刻。

这样的午后，满蕴宁静的时光里，我并没有出去走走，也没有近距离地邂逅真实的花丛，压根儿闻不见怡人的花香。可是，那些用照片定格下来的容颜，关于花的种种美丽，让我仿佛再一次见到当时的场景。一切，都是那么近，那么近，近到咫尺。

情歌，一首首地循环播放着，沙哑的嗓音在空气中飘浮着。我一直在想，什么时候也能写出一首动听的歌曲，一字一句都是我的心情，然后在旋律中辗转不休。这样的愿望，算是存在很久了，但从没有付诸行动。可就是在看着那些不同的花的容颜时，我又想起了这个愿望。并且，我的心里涌动着更强烈的想法，或许哪一天，我真的会写下一首歌，一首为花而唱的歌。

爱过成美

不知道什么时候起，“5·20”这一天就变成了浪漫柔情的日子。以前只知道它寓意着“我爱你”，这几天还看见它的很多别称——“宠爱节”“甜蜜节”……一个个地满含情意、与爱有关。

我向来不会拒绝有着美好意义的事物，对于这样的日子，自然也不例外。尽管很多的名称，已经演变成了商家们竞争的手段，但想想，和爱缠绕在一起的，就是可以让心柔情似水的。至少，我是感觉欢喜的。

爱着爱着，我们便老了。很多时候，看着十指相扣的恋人擦肩而过时，感觉他们如此年轻，实在让人羡慕。那样的时光对于自己来说，已经非常遥远了，仿佛是太久太久的过往。不过，一段时间酝酿一段心境，岁月在流逝，对爱的理解也会不同。而现实里，爱一直在心里，一直在身边，不是吗？何况人生漫漫，我们一路前行时，爱过的人远远不只是因为爱情。谁说亲情、友情，不可以言爱？站在此刻的光阴里停伫，回望里一定有很多自己爱过的身影浮现。有些短暂，有些永恒。每一次，都有存在的意义。因为爱，我们变得更美好。

爱，这个字，多么令人沉醉。想来，只要有爱，心情便不会轻易老去。日子，总归更多的是平淡寻常。而让平凡岁月熠熠生辉的，正是无尽的爱意。爱着，真好。

因为爱，我们可以长厮守，也可以远相望。相处的方式不尽相同，但相同的会是那份保留下来的情意。谁能相陪谁直到永远？在未达到终点前，没有谁可以确定。携手同行时，若是心怀真情，不就很好吗？大多数相遇过的人，哪怕是深深相爱的，只是彼此生命里的过客而已。一旦别离之后，恐怕就是不复相见。但在面对面相遇重逢时，能微笑优雅地经过对方的身旁，已经就是让人欢喜的场景。这样的邂逅，一定在后来的回忆里美好至难忘。

爱，便好好爱，深深爱。有些爱，无法表达，也许不说便无法知晓；有些爱，无须讲述，也许不提便已经深刻。浓浓的爱，富足了世间无数的人们。一切都因爱而变得更有意义。我们如此努力地生活，就是想遇见爱着的人时，已经成为最好的自己。

“5·20”，我爱你。这个日子，是可以说爱的，也是适合说爱的。与什么字眼冠名的名称无关，只源于心上流淌而过的爱。静静的时光里，留一些思绪让爱飞扬，忽然觉得这个世界变得很美。

爱过成美，铭记于心。就在这一天，说一句“我爱你”给爱着的人听。或者，在更多的每一天里，用自己的爱陪伴着深爱着的人，一切都是“我爱你”。

花开亦有声

五月，走在花前，只见树影婆娑，且听见风声轻轻。这一次的相见，仍然是喜悦的心情，如同以前。就像五月里的曾经，相似的情景经过记忆的方向，清晰地映刻在心上，与那些树木伸展的方向一样。

有谁陪在我的身旁，一起看着这一场树叶摇曳的心动？可以在这个五月里，在这片树木之中，穿过花的清香，到达记忆之城。抬起头，看着斑驳的阳光，透过树叶的间隙，我感受到了光的味道。阳光，确实有着不可否认的力量。它总是可以给人温暖感觉，也总是可以给人幸福感觉。

这种场景下的心情，与云淡风轻的天空相似，浅浅的蓝，翠翠的绿，纯纯的白。无论哪一种颜色，都足以让我的心宁静下来，在此刻的树荫下，在此刻的视线里。我，在享受这份仰望。

忽然，有了一种心情，只想静静地坐在树下，任时光在身旁游走。我可以沉浸在喧嚣的世界之外，陶醉在树与花的和谐之内。花的纯净，在素颜里完完整整地释放着。而那些与花相依的树，一再地苍翠，一再地映衬。所有的一切，都如此之悦。

娇艳的花，组成了玫红的世界。那些成片的绿叶，总是遮挡不住它们的鲜艳。是呀，彼此的辉映，才组成了视觉里存在的美感。谁又能说，你是谁的谁？在这样整体美的地方，离开了对方，或许什么都不是。

阳光，晴朗。花与叶，迎着清风而生长。一点光亮，满心欢喜。有时会想，是怎样的缘分有了此刻的相逢，不是别人，而是我。每每出现在眼前的花丛，总是在瞬间邂逅的时候，明艳了我的心。而我想知道，你们是不是也感觉高兴与我的每次相见？花，若开而媚，我更相信，花开有声。

我想，是的，花开亦有声。我多珍惜眼前的这幅愉悦之景，这样的红，这样的花，在树影草丛间明亮怡人。柔软的心，静静听着大自然里传过来的声息。有缘的人，自然能读懂这份花开之声中蕴含的意义。

太多太多的声音，在这个五月里传来，也有太多太多的心情，在这个五月里盛开。如这些让人忘却不了的花颜，在每一个镜头里，都催笑了我的心。我忽然悟了，这花开的声音，是这一季里最动听的音符。

我不由自主地喜欢上了这个五月，喜欢上了所能见到的五月之景，还有那些在回忆里依然存活的五月章节。

静水听音

初夏，天气微暖。禁锢已久的心，只想出门走走。哪怕随意地行走，可以望望湛蓝的天空，可以呼吸清新的空气，可以欣赏流动的风景。或者，仅仅只是漫无目的安静地走着。

我轻轻地走在林间的小道上，树木林立，场景清幽。在这样行走的过程里，所能感受到的，是些微浅的凉意，却也是极为舒适的温度。我觉得，此刻我是自由的，是远离城市喧嚣的，心不由得安寂下来。夏日火辣辣的烈日，还没有在这世间再次出现。迎面而来的，是极舒适的感觉。

我倒也不见得愿意日日身处山水间，但是，难得在休闲的时候置身于此，听着水声潺潺在耳畔流过，如何不动心？心，宛若洗净。我又想，如果水流有心，那么，一定能看到我这时候正凝望着它的模样。现在的我是因它而安静的，它呢，在遇见我时，会感觉如何？我只愿我未曾惊扰了它。如此的清流从眼前缓缓经过，多难得。

我走了许久，停了下来，望着这一处的瀑布从高处落下，所有的水流终与泉水交汇，欢快地流动，欢快地奔腾。我的心，情不自禁地融入其中。阳光，透过竹林间的空隙悄悄洒落，如同将无数的欣喜同时洒进了我的心里。我享受着这份静谧的纯粹。这世间，仿佛也停止了。

仰望苍穹，环顾四周，落入眼中的景致，无一不让我喜欢。我默默地走着，并不想打破这份宁静。做个过客，却感受过种种美景，体会过种种心境，在走过的时候，把所感所想在心里留存得更远，保存得更完整。忽然觉得，我就是这样享受着所见到的这份感觉。

对于现在时常居住在城市里的我来说，这样的感觉是多么奢侈，也是多么悠闲。身处其间的时候，可以完完全全地抛却心间的纷扰，可以彻彻底底地忘却世间的琐碎，仅仅以自身的状态去感受、去享受。就如同此时此刻，任凭居于山峦水云间的寂静与安宁，悄然在心头驻足。

静水轻流，在山间，在林间，缓缓地流过，我只是听见了那份声音，感受了那份意境，这份情景很好。

爱到远方

夏季的正午，我走在被热气包围着的街道上。时不时地，会遇见树荫。路过这些被铺满阴影的地方，再加上未被烤热的凉风吹来，并没有想象中的难以忍耐。

我的城市里，也有清澈如水的蓝天，也有洁白如雪的云朵。单单仰头而望时，或许和别的城市并无不同。蓝白相映的天空，美景难忘。视线仿佛被定格在前方的天际，从此，再也挪不动脚步。原来，并不是只有辽阔的草原之上，才有如此的浮云共天。我想说，我的城市里也有。雾霾，在我们的世界里占据得太久，久得让人差点遗忘了单纯动人的颜色，就如眼前纯净的天空。

也许，类似这样关于大自然的规律，同样适合于我们的生活。喧嚣尘世里，相处甚久，便忘了之前曾经简单到极致的心情。爱便爱了，恨便恨了，何须纠结。所有的一切，都会埋没于时间的河流里，远去不见。

那些离去的，如天空一样，仿佛近在咫尺，伸伸手就能捧住云彩，却又在瞬间飘散远到天边，永远是不可触及的距离。回首往昔，那些记住的、忘记的，曾蛰伏在心的最深处，又在时光的磨灭下，越来越淡，越来越轻。每一份心情，在当初感受时，是最诚挚的，是用尽全力的，应该就是最好的吧！无论当初是什么模样，也无论现在是什么感觉，那些经历的、感受的，势必会因当初的余存影响着未来的选择。

四周，热腾腾的空气里，裹挟着的不只是难以忍受的夏季，恐怕还有与温度同样热烈的思绪。路过楼底下的唱吧时，里面正好有人唱着悲怆伤感的情歌，嘶哑低沉的歌声并不算多动听，但是附和着旋律时，悄然流转出来的情绪，犹如夏日里的热浪滚滚，瞬间充满走过的每一寸空间。有爱，才可能让每件平凡的事情，到最后的时候放出异样的夺目光芒来。唱情歌，便不仅仅是一首歌曲罢了。同样的歌，每个人演唱出来的，会是不一样的心境，不一样的诠释。那不正是因为与每个人的心路历程有关吗？

七夕，很多人都把它过成了中国情人节。所以，我可以一如往年地认为，这应该就是浪漫的日子。有情之人，会因为这天所经历的美好而觉得更值得记忆。这样的日子，与浪漫有些远离的我们，不必牵强地感受，但却可以留存些美好。心中有爱，不管哪一天，全是与爱有关的时光。

就像仰起头来见到蓝天白云时，我相信，无论多远的城市里，看见的是一模一样的清心悦目。有些感觉，与空间无关，与岁月无关。思念的时候，仅仅是因为心里思念罢了，并非刻意，也非习惯。仅仅是思念了。爱，如果可以，直到远方。

这样的日子，原本想写的句章仿佛已经消失不见。但是，那些与祝福有关的话语，依然在流过的分秒间停留了下来。不管什么时候，与爱同在，与祝福同在，一定很好。

爱，终将抵达远方。

那些渐渐远去的屋宇

八月骄阳，如火如荼，肆意地热情在盛夏的季节里。今年的天气，无论哪儿都反常的炎热。离家久矣，心中想念的情绪，也如同热烈的天气一般，居高不下。

不知道是纯属巧合，还是顺应了我内心如此强烈的期望，反正这个夏天比平时多了机会回老家，回到对于我来说始终魂牵梦绕的那座城市。每每回去，与亲朋好友相见，自然是必不可少的。而感触最深的，则是爸爸妈妈住的房子已经接近拆迁的尾声。那是我从小长大的地方，是存在于心灵深处温暖无比的地方。拆迁事宜，恐怕已经持续好几年了。那一个片区的房屋，也随着居民拆迁协议的逐渐签订而人去楼空。搬走的，窗户或门都会被拆去，慢慢地失了人气，失了昔日的热闹。这几年来，回去的每一次，都会感觉到这样或那样的一些失去，但似乎没有这次感触来得大。

到如今，已经搬得差不离了，部分地块已全部拆迁完毕，建筑单位的临时围墙粉刷一新，耸出墙身的桩机清晰可见，凸现出就要动手建房的模样。四周，有空旷的土地，地面上原本熟悉的幢幢楼房，都已无影无踪。还有些未曾来得及拆完的残墙，无声地坚持着最后的守护。爸爸妈妈的房子，依然如故，和一些老邻居一样，都还没有正式搬走，所以，我还能感受到些旧日的心情。但每次都在想，也许下次回来，会不会已经与它而别了。

看着那些记忆深处的众多屋宇，一点点地消失，我却依然还能深刻地记得它们的样子。但我也知道，总会有一天，它们终会在我记忆的深处失去痕迹。人，总是会遗忘的，哪怕有些习惯、有些记忆已经存在很多年，但某一天忽然就想不起来了。

一想到，哪一天或许再也不见我心中固存多年的印迹，再也寻不到伴我多年的画面，我不由得感伤起来。其实，在建筑业内工作多年，包括也在房地产公司待过，见多了房子的新旧交替，见多了这样的离离合合，可是心情，总是更多地为新生建筑的诞生而欣喜。然而，这次却不同，有无奈的离别之感，有不舍的深远怀念。因为这是我生活得太久、承载了我太多回忆的地方。很长岁月里，这一片区的环境，都是我的世界里不可缺少的部分。二十几年了吧，多么漫长的日子，可惜，我渐渐地失去了那些日子里与之相伴的亲切场景了。一点点拆除的房屋，如同终要离去的记忆一样，一点点地从我的世界里剥除、离析。

我知道，并不是炎热的温度把我心底对它的留恋加热了，仅仅因为它们是融入我生命中的重要组成，是我曾经熟之以深的生活背景，是我难以忽略的珍贵记忆。有些离别，或早或晚，总是要来到的。就如这些房屋一样，看着它们渐渐旧去的身影，我就明白与之告别的日子并不遥远了。我只想，尽可能地记住它的样子，怀着祝福的心情，在还能见到它的时候，与它共处，相伴多一程也好！

邂逅古今相融的北京

身处热情似火的夏日里，本是懒怠出门，更别提旅游了。但机缘巧合地邂逅了一次计划之外的旅行，那是我一直向往的地方——北京。对我来说，北京不仅仅是首都，更是一座拥有着三千余年历史、八百六十余年建都史的历史文化名城。光从新闻报道、纪录片、电视剧里相见是远远不够的，我想近距离地感受自然风光与人文景观相互交融的恢宏。

停留在北京游玩的几天时间，都住在一家极具当地文化特色的旅馆里，安静处于窄长的胡同之中。当时想居于此，只是觉得既来北京，不体会下四合院的住宿感觉肯定是种缺憾。后来才知道，偶然暂居的地方，竟然曾是清末大将军、蒙古亲王僧格林沁王府的一部分。穿过喧嚣的街市，拉着行李箱走进幽静的胡同时，我肯定没有预见到这点。沿着长长的灰墙走过，赫然看见的就是文物部门设立的“僧王府”标识石碑，心里还在嘀咕，随意选择的地方居然在王府附近。谁曾料想，我将住进的地方其实也属于过王府的范畴。可惜曾经风光无限的王府早就被分隔成多个小院落，沦落到大杂院的地步。那些证明着主人昔时荣耀的印迹，早已四下散去。真正僧王府的大门紧闭着，并不对外开放，但据说这也仅是原王府的一小部分。唯有经过时，外墙在阳光下清晰可见的斑驳，印证着时光的留痕。

初感北京建筑风情，就是从胡同、四合院开始，就是站在南锣鼓巷咫尺之遥的地方开始。说起南锣鼓巷，还是临行前听女友提及后才有所了解。它又名南锣古巷，与元大都同期建成，是中国唯一完整保存着元代里坊风貌的传统民居区，是最富有老北京风情的街巷。以南锣鼓巷为轴线，东西各有八条胡同整齐排列着，犹如一条“蜈蚣”，所以又有别称“蜈蚣巷”。

这些胡同之内的建筑，古风犹存，砖雕、石刻、彩画遍地可寻。应该说保留下来的大多是明清时期的，夹杂各种风情的酒吧。视觉的感受，就是时尚与传统的融合，却毫不突兀。沿着每一条胡同走着，时不时地就能见到名人故居，有些已经恢复原貌，有些已经破旧不堪。但仿佛每间房屋都有着生命，用墙体的真实感观，诉说着悠远的传说。走在南锣鼓巷之间，在人流里摩肩接踵，被深深吸引住的始终是两侧的屋宇，还有迥异的音乐回荡在耳畔。一间间门庭若市的店面里，会时不时地传来陶笛声声，仿佛从遥远的过去流转而来；或者驻唱歌手们弹着吉他，充满情感的旋律飘进耳内，在歌声的沧桑低沉间不由地慢下脚步。静静站在街角聆听，时光仿佛就此停止。

在北京的街头走着，总能感觉到古典与现代的交替。刚刚经过的还是一条古风十足的明清街道，下一秒映入眼帘的就已经是鳞次栉比的高楼大厦了。每每感觉，是不停地穿梭于过去与现在之间。在这个城市里，可以看见曾经无所不在的显赫与繁华，也可以看见如今四处可见的发达与昌盛。但这种古老与新颖结合的布局，又觉得自然而然。

夏日的荷花，绽放在荷叶连连的绿意里，分外地娇艳夺目。此情此景，蓦地就会想起宋朝诗人杨万里写的这句诗：“接天莲叶无穷碧，映日荷花别样红。”只是，这是圆明园里的荷花，我们正走向通往残存遗址的路上。视线里的生机勃勃、景色优美，与即将看到的满目苍凉、残垣断壁正好形成强烈的对比。多年前被洗劫掠夺的事实，无法被掩映无痕。就算是在怡人的风景里，哪怕是余存的断桥也在提醒着人们一段屈辱的历史。

坐上船，清澈的湖水在身后荡漾开去，视线所及之处无不是秀丽的水景，还有岸上、湖中的亭台楼阁。无论哪个角度看去，都自成一景。置身于此，若是忘了这是圆明园，定是不记得前方就是被焚毁的地方。上了岸，是园内西洋景区的遗址，可以说是满目疮痍。看着被英法联军入侵北京时烧了三天三夜后留下的残址，难受无比。石头居然都能烧成那样，当时该是怎样惨烈的景象。本该凭吊痛楚历史的废墟处，许多孩子在嬉笑奔跑，甚至爬上遗存下来的石柱，来回打闹着。这场景，看得刺眼。还有好多成年人也都极尽所能地摆着造型，高高地站在残存的石头之上，然后让相机定格下幸福的微笑。在他们的眼里，大概这儿是值得留念的著名景区罢了，而并非具有反思意义的纪念地。景区里留影照相，实属再正常不过的事。但唯独这儿，又何须强行摆出诸如风情万种、恩爱甜蜜、英姿飒爽的模样来呢？这儿，一定将是记忆里最深刻的建筑废墟之景，是铭记历史、莫忘国耻的地点。

穿过迟迟而来的夜色，站在鸟巢（即国家体育场）与水立方（即国家游泳中心）之间宽阔的广场上时，同样见到很多慕名而来的游客在拍照。那个时间，正巧是北京、张家口刚刚申办 2022 年冬季奥运会成功。游客们的想象力是无穷的，飞翔的姿势、托举的姿势、拥抱的姿势……这个地方，这个时间点，无论哪个方向感受，都只觉得兴奋自豪。这样的留念，多好。水立方与鸟巢设计理念中的天圆地方，在闪耀变幻的灯光下，显得无比澎湃。它们的确也是现代建筑中的典范，在2008年奥运会之后，当之无愧地成了北京的新地标。

去了北京，怎么可能不去故宫？这是目前世界上现存的最大规模的古宫殿建筑群。故宫，又称紫禁城，明清两代共24个皇帝居住过的皇宫。即使在电视、杂志上频繁可见，但肯定抵不上真正见到后产生的震撼。故宫的雄伟、壮丽，无与伦比。部分开放的宫殿内可见保存下来的大量珍贵文物。但我早已被它的建筑群吸引。故宫内，到处廊庑环绕，高低错落，又左右呼应，气势磅礴。它被誉为世界五大宫殿之首，当之无愧。故宫的建筑布局有外朝和内廷之分。外朝以太和、中和、保和三大殿为中心，文华、武英两殿为翼，是皇帝举行大典和召见群臣、行使权力的主要场所。而内廷则是皇帝处理日常政务和后妃及皇子们居住、游玩、奉神的地方，分为内中路、内东路、外东路、内西路和外西路几部分。外朝与内廷的建筑风格截然不同。不过那些皇家御用的黄色琉璃瓦顶，在阳光的照耀下熠熠生辉，这是相同的。

前往恭王府，则是沿着微波荡漾的后海步行，一边是满街酒吧，一边是唯美湖景。原本对于它的印象，停留在和珅的宅第以及恭亲王奕䜣的王府。其实远不及此。一座恭王府，半部清代史。只是我依然更沉醉于建筑本身。恭王府，按严格的轴线贯穿着，多进四合院落组成。所谓的四合院就是东南西北四面均建房，合围出一个院子。院内以北房为正房，东西两侧的厢房次之，与北房相对的南房称为倒座房。参天古树的绿意，点缀着院落。王府在前，花园在后。两层高高的后罩楼将王府与花园相隔。恭王府目前是现存王府中保存最完整的王府，它也是很好地结合了皇家富丽堂皇与民间清雅素洁两种完全不同的建筑风格。花园内山石林立，融合江南园林艺术与北方建筑格局为一体，兼有西洋建筑与中国古典园林的风格。不得不说，这样的四合院布局严谨、建筑精美，而营造出来的居住环境是幽雅舒适的。整个王府本身就是四合院文化的一种折射、一种留存。我只能匆匆而观，却又深深而记。

那几日，从古韵十足的建筑，到现代摩登的楼宇，不停地来回，不停地交错。对于几千年历史的城市来说，这些时间实在是不算什么。尽管在短时间内不能更多了解，但住过的、看过的四合院不会让我轻易遗忘，路过的、停过的胡同不会让我轻易遗忘，走过的、赞过的皇家宫殿不会让我轻易遗忘，望过的、疼过的历史遗迹更不会让我轻易遗忘……在炎炎夏日里，我曾来过又离开。我听见我心里的声音——很快，我还会再来，再次去邂逅那些记忆深处的建筑，从古到今！

素 秋

秋风轻轻，吹散了炎热的夏情。空气里越来越清凉的感觉，告知着我们秋天已经悄然来到了身旁。秋，对很多人来说，是充满诗意的季节，对于我来说，也是如此。哪怕只看那些落叶飞舞，也能感觉到，它们在我们的视线里，在我们的心情里，舞出了越来越多的秋之美景。夏天时无处不在的急躁灼热情绪，在这些渐凉的天气里沉淀消失。那些微风，怀着它自己适宜的温度，稀释着夏余留下来的狂热。

我想，我的骨子里是喜欢秋天的，喜欢它的唯美，喜欢它的悲凉。挡不住的秋风，穿过我的发丝，穿过我的心情，随着叶的步伐，跟随着纷纷扬扬，便落了一地关于秋天的心事。我安坐在这个秋天的日子里，有些回忆，有些想念。过去的种种片段，依然会在清风徐徐的时光里铺陈开来，犹如又重回到发生的地点与时间。

原本，在印象里的秋天，是大片大片的金色，金灿灿地甚至晃花了我的眼。可是，现在的心情有些不一样了，忽然之间，很想用另一种方式去表达它，用一种黑与白的素净去诠释秋的颜色。这是个让我如此喜欢的季节，纵然，我把它喜欢成了黑白的颜色，却不妨碍它在我心里缤纷着，就如同我此刻璀璨的笑脸，满怀微笑地望着它，心甘情愿地置身于秋的意境里。

正因为喜欢，我又是多么不舍它的温度、它的情景，总怕它来得太快，又离去得飞快。生命中，有些值得珍惜的感觉，总是这样匆匆地来又匆匆地别，让我们经历百般滋味。可是，在拥有的时候好好享受，那才是对喜欢的物语最好的表达，不是吗？

如果，让我写封信给心中的秋天，我也会猜想，对雪白的信纸说些什么？不同的时间，留下来的话语一定也不同，但我知道，当用黑色的笔墨写下心情时，写下对秋天的感情时，一定会落纸成爱。当所有的颜色回归于最初，归于黑白素色时，时光的投影会让某些场景如此清晰，也会让一些情绪直抵心的最深处。或许，平淡的日子磨灭了那些年少时的渴望，也磨灭了那些年轻时的梦想，但在心境安静时，相信会有某刻想起它们，想起那些跌落在曾经秋天的记忆，或黑或白。

无论用什么方式把逝去的秋天留下，留到这个秋的日子里尽情翻阅，那些跳跃在脑海里的片段，一定是记忆里最深刻的乐章，即使悲欢与共。至于说到秋时，我们想起了什么，恐怕只有自己才知晓。而我知道，在秋风悄然吹过的时候，我把秋天涂抹成了黑白的色泽，书写成了素洁的容颜。轻轻地告诉秋天，我一直都喜欢你的存在。

秋雨古镇

雨水持续，就湿润成了秋天。到如今，四处清风徐徐，时而雨丝缕缕。季节的变换，在毫无察觉之间来到了。仿佛哪一夜的雨，拒绝了炎热的靠近，便将秋与夏隔成了界线分明的两个世界。

这样的天气，总是舒适而柔情的。落叶偶飘，空气清新，是印象中充满江南韵味的秋意。尤其微雨轻舞的日子，很让人怀念走过寂静街道的心情。而我的心里，一直有着一份情结，这般的天气里，去距离不远的古镇——朱家角走走。

那儿，耳闻许久，却从未成行。而我此时，将繁华的都市远远地甩在了身后，直朝着这般寂静的地方前行，随同一起的，还有撩人心绪的细雨如丝。

初见，是似曾相识的感觉。纵然，应该是陌生的容颜，却有着熟悉至极的画面感。白色的墙，黑青的瓦，整个建筑群出现在我眼前时，有着记忆中南京秦淮河畔的风情。南京，因为我生活过好几年，所以对那儿的一切念念不忘。而朱家角，首映眼帘的这份亲切感，让我的心倍感柔软。当然，那只是远远见到时的大略印象，走近之后再瞧，其实是截然不同的风韵。

古镇，沿河而生。河水漾漾，依伴着商铺几许。或许是雨天的缘故，哪怕小巷窄窄，游客也没有摩肩接踵。仅仅三三两两地，散落在狭长的老街之上。因此，这儿没有商业圈的拥挤，只有悠然的心情如影随形。

都说这是个适宜慢生活的地方，这会儿相见，我也赞成这样的观点。古老的建筑，与河隔着青石板铺成的路面，并且同河边青翠的树木一起，倒影入水，犹自成画。

明清时代风格的宅院，到处可见。大抵都是单层或二层高的木质结构，厅堂式的布局。高低错落地沿街而建，街道不宽，蜿蜒曲折。走着走着，感觉已经走到了街道的尽头，其实却四通八达，前后左右无论哪个方向都有街市存在着。这些小巷，曲径幽深，经过的不是商铺，便是民宅。有些古宅大门紧闭，但单单看那些庄严的门扇等，就能想象出曾经在此处居住过的家族昔日鼎盛。古老的镇上，有很多茶馆、饭店，保留着很多年前的风情。门开迎客，店内即使有顾客三五成群地坐着，却也没有喧哗之声。我顺着老街而行，在某家老字号的店前短暂驻足，视线穿过厅堂，能看到古色古香的落地窗格整齐侧开着。较它们更远的地方是静静而流的河水，还有对岸的人家。与河相依的种种，在原本沉静的容貌里又增添了几分柔情。无论哪个视角，都安逸至极。

有水的地方，自然会在行走的时候，遇见一座又一座的拱桥。踏上石阶，轻靠栏杆，只见河道时而宽阔，时而狭窄。河面两旁的粉墙黛瓦，与河水一起，构成了一幅流淌着的绝美水墨画。时不时地能瞧见飞檐入眼，轻轻挑起灰蒙蒙的一片天空，给古镇一些腾跃的气氛。扇扇漏窗，雕刻得都颇为精细，透过它们的不仅仅是光线，还有久远的时光。

也许是因为来的时候是雨天，也许是因为古镇本就是这般模样，在石板条砖上轻轻走过的时候，心下安静，仿佛与视线中所见的景象一样，婉约如诗，幽远如画。离开的时候，我的心里已经描摹完生动多韵的水乡之景，景里到处都是典型的明清建筑，如梦如幻。我已分不清这是现在，还是过去。

青　春

——写给我的中专时代以及中专的同学们

二十年的光阴，在时光的流逝里，定格了历史。在生命中，那年相遇，是那样的深刻，是那样的清晰。纵然，更多的时光里，我们在各自的生活里存在着，彼此的空间已经平行分离。但至少，那四年的校园生涯，在青春留下的印迹，依然是生命中最纯净的回忆。

今天，2013 年 9 月 13 日，是二十年前的学校报到日，不知道你们中的谁，也如我一样记起了这个日子，记起了某些关于曾经的片段。我想我还记得，二十年前的那天，遇见了谁，自己穿了怎样的裙装，领了些什么样的生活用品，也还记得大多数初次见到你们时的场景。满满的怀念情绪，让我决定写下这些文字。

中考，可以算是我人生中最辉煌的一次考试。但是，初见即将就读学校的模样时，说实话，备受打击。长得高高的草，四处可见。那时的学校，还没有建设完，有些荒凉的感觉。说是靠近南湖地区，但从学校走到南湖的路也不算短，而且沿途尘土飞扬，一切都让人觉得身处于荒郊野外。

事实上，在到达学校之前，我对它的印象并不这样。那时外公因病，已经从省建工局一把手的位置退下来了，但他对我说起学校的印象时，满脸的神采奕奕。学校，是直接隶属于江苏省建工局的，也是他任江苏省建工局党委书记期间，和他的下属们商定讨论后，决定把中专部从南京建院中分离出来，并迁址到南湖的。可以说，他是看着学校慢慢建设起来的。对他来说，应该有着很深的感情，以至于我听到的时候，全是他说的关于学校的好话，让我错以为考上的学校就如印象中大学校园的模样。哪怕，学校只是中专。但那时，凡是考上小中专的孩子，均是成绩优异的。如我，极高的中考分数，名列全市第十。进入中专，意味着可以农转非，当然，对于我来说，这点毫无意义，我本身就是非农业户口。我选择中专最迫切的理由，就是远离高中的艰苦，我一直更向往自由的学习环境。

那天阳光很好，宛若今天窗外的天气，那也是唯一一次外公送我到学校的日子。那会儿，父母本身都是汽车站的职工，所以从家往南京的路上，用长途汽车带东西很方便。我，貌似大包小包地带了不少东西，以至于那学期没怎么花钱，太多的日用品都带着呢。我在外公家住了几日之后才正式开学的。瞧着我们初次去学校，行李颇多，所以，外公陪着爸妈还有哥哥，一起送我去了学校。这也好像是我印象中唯一一次坐外公的车。外公，高干级别，他可以享受的待遇应该是很多的。但他自己也极少使用这些特权，更不要说我们了。破例坐了一回外公的车，外加在学校办公区里顺便见到了他的校长级的老部下们，这些大概都是我唯一享受过因外公的身份而拥有的特殊礼遇。外公在世时，更多的时候我们两城相隔，有些遥远，也有些或多或少的疏离。而那些种种，在他离开人世时，成了断章。

记忆中，校园内仅有的像样些的建筑——一幢几层楼高的教学楼，在2007年被拆除了，就在我们毕业十年聚会之后不久。昔日住的旧平房宿舍就更别提了，早就无影无踪了。连学校本身也早就被更名了。恐怕，越来越久之后，存在于印象之间的景象，最终会退回到无迹可寻的位置。就像现在，我努力回想那教学楼到底有多高，居然只能想起它的大致模样，但想不起具体层数。而随着它在世间的消逝，校区内留存下来的一切，仿佛全部变了容颜，几乎再没有能唤起记忆的景致了。以后的话，对于学校的印象，仅仅取决于我们记忆力的持久性吧！

只是，现在下大雨的日子，听着窗外的雨声，依然会想起曾经水漫宿舍的那些日子。学校的地势之低不可描述，就这么说吧，操场围墙的高度还抵不上马路的路面。所以，行人们常常会站在马路上居高临下地看着我们这些学生在操场上活动。我们的四年中专生活，从没有住过宽敞的高楼宿舍区，等我毕业之后，隔了两三个月再去学校，发现刚建成的两幢宿舍楼开始使用，学弟学妹们已经住上了舒适宿舍，如同我们在梦想里期待过的画面一模一样。我们上学那会儿，梅雨季节里，只要连续下一两小时的雨，宿舍区保证就会上演“水漫金山”的场景。常常光着脚，穿着拖鞋，趟着及膝的浑浊雨水在宿舍区行走。雨下得再久些，旧的平房宿舍顿时被归类为危房，然后宿舍区管理员们一次次地逼着我们转移。有些学生留恋极了宿舍不愿离开，但再不情愿也不可能得逞，总会一而再，再而三地被劝走。在后来的很多日子里，一下起大雨，就会让我想起那样的片段。而且还能想起来第一次水淹宿舍时，同宿舍的同学在不知情的情况，猛一拉开宿舍门，堵在门外的水一涌而入，头一晚放在地上的鞋子全部漂了起来。那场面也是极具戏剧性。

学校的外在环境，实在不敢恭维。如我怕极了老鼠，可在室外水池洗着衣服，也许硕大的老鼠会从脚背上一窜而过，或者远远地与自己对峙着，初时还会被吓得尖叫，到后来就习以为常了。但那些糟糕的场景，在逝去久远之时，不再可怕，也不再害怕回忆。

南京，火城著称。暑假前夕的日子，是炎热而难熬的。那个年代的学生宿舍，不要提空调，连电风扇也没有，居然就这样被我们硬生生地忍受过来了，以至于在很多年以后，我依然是不惧怕热浪袭人的女子。常常想，可能是那时候锻炼出来的。记得那会儿，就算不停地扇着纸扇，也毫无用处，夜深人静了还是无法入睡，困极了才勉强躺下，却又听得见同样无眠的别宿舍的学生说着听不清内容的话，时不时地从窗外飘进耳畔。尤其到了学长们毕业的那段日子，半夜经常能听见喝醉酒的学长们哭闹的声音。可是，那样的日子，我们当时也一年又一年地安然度过了。

平时晚上，熄灯之后，我们每每都还没有睡意，便叽里呱啦地说着话。天气凉的时候，宿舍窗户是紧闭的，还算好。天气有些热的时候，窗户往往是开着的，墙壁隔音效果本来就不好，这样的话，往往我们聊天的声音会游荡出宿舍。隔壁的女生们听着不耐烦了，就会用脚踹墙，示意让我们住嘴。年轻气盛或者说调皮不甘的我们，肯定是由靠着她们那面墙睡的女生们同样踹回去，以示还击。咚咚咚的响声，一定会此起彼伏。在那些平凡枯燥的日子里，留下了很多很多的乐趣，我依稀还能听见当初的笑声。

夜静的时候，灯又被熄灭之后，同宿舍的女生们往往喜欢讲鬼故事，越怕越讲。偶尔，有胆小的尖叫划破漆黑的夜色，反过来又吓着了旁的同学，吓过之后，又是大笑。这样的事情，乐此不疲。

那时入校的时候，也是建筑装饰行业最红火的时候，学校顺应时势设置了这样一个专业——装饰装潢。可叹，招生的人，与我们报考的孩子们一样，都不太懂得，这是一个需要美术底子的专业。我们每个因文化高分被录取进校的孩子，被告知将要学习专业绘画时，都觉得难以接受。我们这些孩子，突然之间，觉得自己成了校方的试验品。即使已经隔了二十年，但经历过那一场罢课风波的我们都会记忆犹新。装饰装潢专业的新生，其实只有两个班级，但每个人都在大幅的白纸上横七竖八地联合签名，并在美术老师进入教室之前放在了讲台上，强烈要求校方取消美术课。随后的晚自习，包括第二天的正常课程，我们理直气壮地拒绝去上，有在宿舍里集体嗑瓜子的，有去操场打篮球玩的，还有穿着溜冰鞋四处乱窜的……后来，应该还集体去了校长室表示抗议。自然，我们怎么可能取胜，早就铁板钉钉的事，自然不可更改，没过多少个小时，我们就理解了现状，和校方达成了共识。这个专业是和设计有关的，美术是必须学的课程，之前，我们显然是在瞎胡闹。但现在想想，那时的我们十分可爱，那样单纯的心态、那样夸张的勇气，在多年之后还能余留下来多少。

中专里的学习是自主的，所以，一学期仅有的一次期末考试，会恐慌了大多数的学生。纵然，我在中专毕业的时候，几乎自学考试完了大专的课程。但是，我清晰地记得，我也会是每学期期末考前突击的那群学生之一。考之前，因为复习得不够充分，总会担心不能及格，但一门门分数出来时，看着良好以上的分数居多时，又开始憧憬奖学金。就这样，好歹拿了几次三等奖学金，然后请好友去小食堂撮一顿，挺过瘾的。

有很多事，在当时觉得并不享受，如美术课，素描也好，水粉也好，建筑效果图也好。那时觉得挺被动地学着，不太喜欢那个过程。可在多年以后，突然发现，会画画是多么好的感觉。在学校里的时候，关于画画，留给我的最好印象就是出去写生。说是去写生，老师管得不太严，不会当场就交写生作业。所以，去风景区写生，对我们来说，就是和春游秋游一样的，只不过要带着水粉颜料、画笔和小水桶罢了。玩得高兴了，回到学校后想起还近乎空白的画纸，总会有些傻眼，然后赶紧翻各种美术书籍，找个与景点相似的画面，匆匆临摹下来交差。

当经历过了，时光也早早地远去了，忽然会发现很多的遗憾、很多的留恋，许多身处其中时无法看到的心情。往事总是回不来的，但不管是悲是喜，留在记忆中的，到了现在，已经剩下的只有美好了。那些远去的，叫作青春，叫作我们永远逝去的青春，也叫作我们独一无二的青春。

此刻，能清晰地感觉到窗外照耀进来的阳光，很多青春的场景突如其来地闯入心间。那时的我们，如此年轻，如此可爱，谢谢每一个陪着我走过那段岁月的同学们！无论是谁，都是我们彼此青春记忆里不可缺少的存在！

相识二十年

题记：写于中专同学相识二十年同学聚会之后。

如果说，在有限的生命中，有一种感情能抵得住岁月的沧桑，任时光的变迁而毫不褪色。我想说，那应该就是同学之情了。

或许，在平淡的日子悄然而逝的时候，我们渐渐地忘却了曾经的那份惦念，忘却了毕业离别时百般的难过与不舍。每个人都在自己的生活里各自安好。可是某一日，突然地有同学联络起彼此，说我们明晚聚会吧！心中的渴望被惊醒，于是，很神奇的速度，很意外的效率，很齐心的行动，我们居然在最短的时间之内，聚到了一起。

我们这些同学，曾经都是建筑装饰专业，现已分散在各行业，基本散居在江苏省各地，但这些绝没有阻隔我们彼此希望相见的心情。很快地，在几个小时之后，我们就在相约的镇江见到了彼此。青春的容颜，或许在时光的穿梭间早已更改。但有些东西，有些情感，却不曾随时间而远去。一切都如此自然，如此温馨。

那晚，我是吃饭之前最晚一个到的。一进去，已经就座的同学们热情地和我打招呼，瞬间，有种目不暇接的感觉。辨认着，相见着，拥抱着，一张张笑脸迎面而现。有很多同学，是四年学校生涯毕业之后，便再也没有见过的。但是，在此刻，多年之后的再见面时，却不曾有任何的疏离感。这或许，就是因为最初相识时，是生命中最纯最真的时刻。所以，无论时光如何残忍，哪怕一晃就是二十载，我们仍记得彼此的模样。至少我是这样的，我依然能记起那时相识时的场景，那些微笑，那些青涩，那些一幕幕的青春片段……很多的过去，统统都还记得。我甚至想，是不是岁月早已把它们都镌刻在我的记忆里，烙印在我的生命中。

即使我们之间，能够坚持本专业的已经为数不多了，更多的同学从事着别专业的工作。可是，那段曾经聚在一起相守的四年时光，有太多太多的感慨与怀念渗入心底。至于我们现在做着什么，根本不重要。重要的是我们中的每个人曾在自己最美好最青春的时光里相遇对方。即使那时的我们有些相处得很是亲近，有些相处得不够熟悉，但现在的我们想起那些曾经青涩的片段，想起那些曾经年轻的欢颜，只会觉得怀念并幸福。直到现在，才真正明白那段时光的珍贵。我们也会深深感慨，如果岁月倒流，当初的我们会换一种方式更好地相处，一定会更加珍惜相遇时的美好。无论那时，是否情深意长，是否淡泊处之，但到了现在，到了二十年后的今天，反而会在心理上更加亲近，更加温暖。

每个人的存在，都是极具个性的个体，也是整个班级集体里不可或缺的成员。每次的相聚，总是存在着遗憾，总是有同学因为各种原因未能成行，但是，到如今，越来越快捷的交通方式，越来越方便的通信方式，我想，我们可以在未来的日子里经常相见。珍惜应该珍惜的纯真，是我们之间还能保留下来的真实。在走过了生命中最青春的二十年之后，我们都会懂得珍惜彼此。

蓦然回首，原来，我们都是在自己最美的时光里遇见彼此的。这样的相识真好。

谢谢你，路过我最好的年华

最近几日，在网络中屡见有关感恩的文字，便想起了今年的感恩节即将来临。感恩，是不变的心情，无论是否相遇感恩节这个特定日子。心怀感恩的人，一定更容易靠近幸福吧！

这个时节，总是阴冷与晴暖交替。下了雨，便冷意十足，而阳光重现后，则会让人觉得暖意回升。前几天一直凉雨不断，湿了季节，也冷了天气。但今天，感恩节前一天，一大早就看到遍地阳光。天气，确也如此，有着影响心情的能力。而我，总是偏爱明媚的天色，偏爱阳光的温暖。

说到感恩，每次都会想到很多人，想到很多事。走过的每一天，遇见了太多的不同，无论是何种经历，都值得感谢。生命中，很多曾经重要的人，也许到了现在，不再或难得联系。想来，不是真的忙碌，不是真的忙到打电话、发短信的时间也没有。只不过，随着生活的变化，太多的人擦肩而过了。以前有过的习惯会慢慢消失，逐渐又成了另一种不联系的习惯。可想起时，那些美好的曾经，怎么可能全部消散在风中。而且，我始终相信，正因为每一段成长的体会，才能变成现在更好的自己。

也许，有些人是自己痛恨的，但时间久了，发现那些恨意蜕变成了生命的力量。不知从什么时候起，当年的怨意已经漂泊得很远，甚至失踪不见。恨，有什么意思呢？为了生命中无关紧要的人，白白浪费了时间，并不值得。但那是成长的收获，也是成熟的因素。能有恨意的，应该也曾很在乎吧。要不然，岂不是路人甲或者路人乙？不过，相信强烈的感受如潮水般退去之后，无非就是路人而已。

也许，有些人是自己深爱的，但岁月变了，发现那些爱意转变成了祝福的心意。不知什么时候，过去的眷恋已经淡去了很多，甚至无迹可寻。爱，滋润了生命的色彩。无论哪种爱，都会让我们感受着世间的美好。谁愿意拒绝被爱着的感觉，又有谁愿意放弃爱着的心情。即使到如今，已经陌生成了疏远，那又有何妨。远去的藏着满满爱意的回忆，将同样支撑着彼此未来的人生。爱着，并被爱着，才是真正幸福的。

当然，还有些人，在自己的人生里，仅仅是陌路相逢，又瞬间相离。但相信，每一次的邂逅，都有它存在的理由。至少，所有的短暂相连，便是真实的人生。若是与你不期而遇时，我没有虚度年华，没有漠然相望，就是很好的过程。

时光在流逝，我们也都在老去。很多的感情，在不断地反省，在不断地领悟，在不断地沉淀。心境，同样在变化。而感恩遇见，是不会遗忘的心愿。每一句我说过的感谢话语，都来自我的真心；每一次听见你说起的感谢字句，也都将是我珍藏的永恒。

如果有缘，在人生的某一刻，你与我可以相遇，请不要吝啬表达彼此的心意。我感谢每一个相遇的人，更感谢每一个温暖经过我身边的人。爱，有很多种，但这样感恩地爱着，应该是如沐春风的那种。

有很多的片段，会时不时地闪现在脑海。那些温暖，那些美好，更容易让我念念不忘。我一直相信，在我的世界里出现的人们，都有着特定的意义，可以给予我这世上绝无仅有的感情。每个人都是特别的，占据着心里不一样的位置，从来没有完全相同的存在。

当你现在正看着我写下的这些关于感恩的文字，你一定要明白，你对于我而言，永远都是特别的。

谢谢你，路过我最好的年华。

在秋天的呼吸里回忆

秋天悄悄来到身旁的时候，我临时有事去南京。再次走在这个城市的街道上，熟悉的感觉在温柔的风中飘游，漫无边际地涌上心间。很多景都不曾在记忆中抹去，并且在重新真实见到的瞬间，又一次让记忆与现实完好地重合起来。那么多的生活印迹，任凭时光无情消逝磨灭，可是当我从远处归来时，它们依然原封不动地存在着。即使这些年我始终生活在远方，始终不曾来过，但有些感觉是植根于心底的，始终不曾消失无痕，或许永远不会烟消云散。

南京，一直是我认定的第二故乡。那里，有着我从童年开始的间断记忆，更有着我在青春拥有的持续回忆。我有很多的亲人居住在那个城市，自己也在那个城市里居住过好几年。只不过后来我因为现实的缘故，在远离这个城市的地方工作着生活着。可是，这根本就不是问题。不论我与亲人们相隔多久未曾见过面，但血缘之亲终究如故。每每见面的时候，我能真实地感受到那份亲情里回荡的柔软，仿佛深藏于骨髓的温暖。

这次去南京，基本就在南京的某个新城区里转悠。以前在南京上学居住的时候，从来没有去过这个地区。可是这回住在那儿数日后，我感受到心底蔓延开来的无边享受情绪，以及这片居住环境赠予我的无限美好心情。连续几天，我就住在清澈湖泊旁的小区里。散步时，自然而然地邂逅了那个大大的湖泊。望着宽阔而平静的湖面，蓝蓝的天空映衬着，偶尔微雾迷蒙。心，不禁醉了。

附近有个极大的广场，人们三三两两地坐着聊天，或者三五成群地锻炼身体。所能看到的宽马路上，行驶经过的车辆很少，一点儿也没有城市的拥挤，也没有人群的喧嚣。所能看到的一切，都会让人心生安静之感。无论何时，随意地出来走走，每一个角落惬意悦目，唯有微风轻轻拂过。路过的寥寥行人，慢悠悠地经过身旁，不似步履匆匆容易滋生出拒人于千里之外的冷漠。

这儿，也有南京城区里曾让我感觉亲切的梧桐树，如同往昔。它们在街道两旁，长得高高大大的，整齐成行。偶尔落叶飘零，没有半点秋的凄凉，仿佛只是为这安静的城区增添些动感的美而已。我穿过每一条宽阔静谧的街道，梧桐树叶微微摇曳，一些往事就这样不经意地回到了我的心里。那是和南京城相关的记忆，美好而纯真的过往。我甚至能看见幼年的自己沿着南京的街道慢慢行走，从过去的时光一直走到了现在。似曾相识的梧桐街景装满我的记忆，以至于后来，我在别的城市里见到街道上梧桐树林立时，总能想起南京，总能回到过去。

秋日之节，在熟悉的城市里，在陌生的街区中，感受着一样却又不一样的心情。多年之后，满满的回忆在秋天的呼吸里重新生长。

同窗聚随记

当阳光穿过十二月的天空，冬天特有的寒冷也尾随前来。而昨天，虽下雨，却丝毫不冷。十一月的最后一天，并没有阴冷彻骨。一夜之隔，天气截然不同。

冷与雨相比，还是冷显得更让人畏惧些。所以，对于昨天的雨，不免顿生好感。其实那场雨，之前就下了，以至于我昨天清晨出门时，街道潮湿。因为是周末的缘故，一路走着，四下宁静。

那是约好的日子，中专时的同桌女友小黄生了二胎，喜得千金，我说好和另外的几个同学一起前往。这个时间，已经被推迟了多天，但总算在昨天如愿实现。

女儿本来也想同去，不过还有课，还有作业，所以，允我单独行动，还说我难得有时间和同学相聚，让我好好享受闺友重逢的亲密时光。

地铁出行，时间可以计算得好好的，在预计的时间先抵达了太仓。那儿有同行的小周同学接我。很多年前去过太仓，应该是刚毕业那会儿。当时我在启东工作，哪怕和太仓仅仅一江之隔，也得坐两三个小时的汽车才到。而这次，从上海出发，前后总共也就花了两个小时吧，感觉很方便也很经济。地铁转乘一次，两列地铁上都有较多空位，所以，我可以悠闲地手捧杂志，与那些文字在一起，感受着并不孤单的旅程。到达地铁的终点站——嘉定北站，两三分钟的路程，就可以见到太嘉线车站——专门从上海抵达太仓的快客车站。买票上车，只是一分钟之内的事情，而且方便到可以用上海的公交卡直接购买。地铁票、快客票，总共只花费了十二元。而到太仓的快客，中途并不停靠任何地方，是我到目前为止坐过的最短路程的快客，十五分钟的时间，便让我回到江苏地界，并到达太仓。

从出门到太仓为止，一直是阴乎乎的天气。可最神奇的就是当我坐到小周同学车内的瞬间，我感受到了窗外的阳光直射。那个时间点，居然云开日出，刹那间，见到了阳光明媚。就在那一刻，小周同学说道，我们今天的外套是同一色系的嘛。我看了看后座上她的外套，果然啊，一样的色调。

不过这也不奇怪，我想大约是因为那四年的同窗经历。同寝室居住着，很多那时形成的观点、喜好，都在后来的日子里体现着。就如毕业两三年后，女生小李从南京来上海见我。有一天我有事没陪她，她便一个人出去逛街，结果买回来的裙子让我诧异万分，居然除颜色外都和我的某条裙子同款，但她从来没见我穿过，而且我在启东买的。她买的是红格子，我买的是黑格子，除了颜色的区别外，完全是一模一样的裙子。不同的城市，不同的时间，不同的人，竟然买了高达百分之九十相似度的裙子，真的让我一直惊叹到了如今。

和小周同学沿路聊着，前往目的地张家港。大约一个小时的路程，而那些现在的、过去的种种话题，让那段路变得极短。没多久，就到了高速公路上张家港的出口，正在判断从这个出口下去是否正确时，两三分钟之内便见到了小潘同学的车。小潘同学的老公也是我们同学，所以，他们是全家出动，也给了我们见男同学的机会。两辆车一前一后，根据详细地址、导航、电话询问等方式，很快就到了小黄家楼下。反正我不认识路，张家港也是在上学的时候去过，不到二十年的时间过去了，不可能再见到记忆中熟悉的街景了。

下车，自然先见到了小潘和小董这对同学夫妻，还有他们的儿子。他家儿子以前只见过照片，这次见到的第一眼，觉得长得像他爸爸。我们几个说说笑笑走到小黄同学家楼下时，就听到她的声音从楼上传来。确实是她，正在楼上向我们招手呢。到她家门口时，第一个见到的是小黄的妈妈。多年不见的阿姨还给我来了个拥抱，太让人高兴了。那会儿上学的时候，父母来学校看望孩子，或者假期去同学家里玩，彼此都是有着深刻印象的。时光远去，这么多年后再见，觉得很多感觉并没有被改变。

随后见到小黄的老公、她帅帅的大儿子和她的爸爸，自然还有我们专程来见的可爱小千金。小黄的爸爸，明显比当年老了，也没有当年的健谈了。这几个人里，除了他，我都是第一次看见。大儿子比我家女儿早出生两天，但男孩子显然长得更快更高，比我们都高着十来厘米，长得很帅。自然，男孩子大了，可想而知，他和我们没有太多的话题，所以不太愿意在我们的视线范围内出现。小潘家的儿子嘛，则还是个小学生，对我们大人的话题不会感兴趣。他在旁边手捧着平板电脑，游戏玩得不亦乐乎。本来他这次是不愿意跟着爸爸妈妈来的，后来小潘同学说，作家同学也一起去的，他便很有兴趣地愿意同行。我很高兴我对他产生了巨大动力。至于下次也不担心他不愿意，下次的动力源替他找好了，他父母跟我们见面时，他一定可以称心如意地玩游戏，平板电脑目前是超级神器。小黄的老公，自始至终地陪着我们，和我们也聊得来，气氛极好也极热闹。

再来说说主人公，那个两个月大的小公主，看着真是让人爱啊。我们几个抢着抱她。对我来说，抱这么大孩子的日子已经很遥远了。自己的孩子长大后，再回过来看看刚出生不久的孩子，实在是觉得又新奇又可爱。当然她还这么小，对我们的到来不会有什么太多的感觉，最乐的是我们这群大人。她时不时地想吮吮自己的小手指，而我们把手指放在她的手掌中，她又抓得紧紧的。小周同学替她拍了几张照发到微信同学群里，惹得那几个没能成行的同学在网络那头表达着羡慕之情。对于父母亲们，尤其是生二胎的母亲们，实在是极为感慨他们的付出，那是多么辛苦的路程，当然那也是多么幸福的路程。

中午在饭店吃饭时，我们几个同学一起合了影。摄影师呢，自然是小董同学和小潘同学的儿子。小摄影师的妈妈让他拍完直接发我们微信同学群里。我还在喊，要挑好看点的发出去哟。人家妈妈赶紧说，绝对没问题，相信他的眼光。果然，他拍完后，还在认真分析哪张拍得好，相当地敬业。我们忙着聊天，他还替我们念群内同学们的即时留言。还有，另外得表扬下他，据说平时不太愿意好好吃饭，但昨天的吃饭表现可圈可点，还是很不错的。

无论是哪个时间段，我们这群人聚在一起似乎总有聊不完的话题，直聊到口干舌燥。时间溜得特别快，并在我们的聊天之间迅速变短，一转眼就傍晚了。小潘家儿子晚上还有节重要的课，所以，我们四点的时候一起告别离开，彼此依依不舍。

小周带我回到太仓，我和她还能继续同行一个小时。依然话题太多，路太短。不过现在和以前不太一样，交通越来越便捷，以后应该可以多多相聚。

那会儿，已经开始下淅沥小雨了。坐快客的时候，买到了那班的最后一张票，所以，仿佛那辆车在等着我一样，我一找到位置坐下，便立刻起程了。而地铁，则是我刚走到站台，正好停下来开门，也就那么巧，不早也不晚。这是始发站，所以，位置多得是。而后来转站的时候，我满打满算肯定是得站着了。结果依然很巧，人是超级多，但我进去的车厢，在我身旁直接有个位置刚空出来，没有老人和小孩需要让座，便正好坐下，寻思着挺美。地铁站出来，雨意更浓了些，但是，慢慢穿行过那些雨水淋湿的街道，聚会的兴奋感依然在心间萦绕。

境由心生

忙碌，是年底的日子里不可避免的字眼。眼看身边的人们都如此，我也如是。只是无奈也罢，埋怨也罢，又不可能远离这样的忙乱。恐怕除了天真纯粹的孩子外，我们都得在忙而不停的交织间，为了生活，为了各种各样的理由，奔波于忙碌中。

算算自己，已经连续忙了好多天，有些疲惫。傍晚，和女儿去逛街，顺便就在外面吃饭了。女儿看着菜单对我说："妈妈，你点杯养颜玫瑰牛奶吧！"我听着觉得甚是不错，就点了杯。服务员端上来后，我看到纯白的牛奶上，飘浮着几片碎碎的红色玫瑰，也闻到了随之而来的香味，不浊而雅，不禁心动。顺手拿起银光灿灿的小勺子，轻轻地搅动了几下，又见到杯中藏着晶莹剔透的小西米，蓦地，心情出奇的好。

突然，我有所领悟，放松的情绪其实可以无处不在。就像这样的时光，本来平淡无奇，在日常的生活中并不稀罕，但我却在这么普通的时刻，因为这样一杯饮品心怡万分。或许，就是因为最近的生活节奏过于快速，以至于忘了该有的调节。而这时，红红的玫瑰花瓣点缀着白白的牛奶，从色调上，就能让我的情绪得以愉悦。

近来，时不时地就有朋友向我诉及，实在是忙得心烦。是呀，在年底时，工作量总会成倍增长，更何况，成家的人多了份责任，还增加了许多为过年而必须准备的事情。可这些，是不是就该成为自己压力的理由呢？我想，还是不能吧！

境由心生，尽可能地心态好些，才能更从容地面对生活、面对琐事。烦恼总是越积越多的，所以，只有在适当的时候释放情怀，才能减轻自我心灵的负担，才能让自己真实地碰及快乐起来的缘由。

谁都有烦恼的事，但之所以有些人较为快乐些，有些人较为痛苦些，更多的应该是面对事情的方式不同吧。烦事缠身的时候，给自己一份好的情绪尤为重要。就如现在，我端坐于桌前，手捧一杯玫瑰牛奶，浓浓的香气沁我心脾，快乐心境油然而生。

生活之中，在琐碎纷杂的事情里，寻求一份雅致的轻松感实属不易，但应该可以。何况那份好的情绪，应该还可以让自己来赐予自己。所以，我知道，在依然未结束的过年前，我要保持悠然的心态，享受生活中真实存在的美好，哪怕极其微小。

心动如景

（一）

谁说冬天就是萧瑟的？其实，它的容颜也能生动迷人。印象里，它的天空应该是灰蒙蒙的，却没想到，事实上也能这样清蓝似水。当我仰起头，望见这片天的颜色时，心情平静。

树干伸展，向着天空的方向，也向着我们到达不了的地方。寒冷的季节里，树叶免不了枯黄的变化。可是，那些老去的色泽，却也点缀了清清如水的天空。在我此时望去的视线里，有随风摇曳的美。

就要跨入又一年的时光里了，有些事已经来不及遗憾，有些事却已经可以憧憬。当邂逅这样的景致时，我想，一切的不快，都是可以放下的吧！

未来，总是有无数个理由，让人满怀期待。

（二）

不知道为什么，在心的深处，总是很喜欢这样的景致。有桥有水，还有绿树相依。有些岸边的美景，随着水流倒映其中。静与动，两相宜。

阳光浅浅，树影深深。经过的时候，忍不住在这个角度停下了脚步。我似乎在景色之外，又似乎在景色之内。说来也是，能在瞬间打动自己的，就已经是喜欢了。那些定格下来的画面，一定会更持久地封存在记忆里。

忽然在想，假若坐在附近的长凳上，不去做旁的什么，只是安静地远望此景，一定也是心怡如诗的。不管我在这样的景致里停留多久，心情已走入了这景寓意的深处。

既然喜欢，就把它用照片的形式保留下来，一直保留到心里。

喜欢，有时可以是寂静的独享。

（三）

其实，在拍摄下来之前，路过时我仅仅觉得略微的不同。但之后，盯着这随时间停下来的画面，却有了种莫名的喜欢。灰意与绿色的对比，枯竭与繁茂的反差，似乎都有了理由在心里滋生一份特别的情愫。

框选下来的风景之外，是些乱糟糟的场景。但单单看因镜头而留存下来的场景，并没有丝毫的凌乱。相反地，每每相看，就会滋生一种生命强盛的想法。大片衬托的绿叶也好，树枝上时有时无的叶片也好，都可以让人产生这样的想法。

生活大抵同是如此吧。大多数的时候，我们只看到别人的风光，却看不到他们的烦扰。那又何必细究，只挑自己喜欢看的部分就好。不刻意放大别人的幸福，也不刻意放大自己的悲伤，那真的是我们应该做的事情。

看着，我仿佛领悟到了什么，那应该是关于生活的哲学。

（四）

若说这些红叶，点亮了随冬天的冷而渐渐颓废冻去的心情，未尝不可。至少，在相遇的时候，会觉得整个人的心情被提亮了，变得神采奕奕。

我不禁随这景而微笑起来。冬天的冷，不算什么。春的温度，春的景色，终究会重新来到。而且这样的冬，依然拥有着别的季节里的色彩，又有什么可惧的呢。那一抹抹红色，从叶的脉络里跳跃出来，让这世间充满了生机勃勃。

也许一两片的叶子是单薄的，但那么多的树叶红艳艳地簇拥在一起，相互取暖，相互陪伴，多好呀。

微风从身旁停下来的时候，我用照片的形式拍下了它们的红，还有天空的蓝。疏密相间，红蓝相衬，一切都是让人舒适的。

树叶，原来可以让人觉得如此美好。

（五）

逆着光，我有些看不清眼前的景色。事实上，最后成像的，跟我所想的有所出入。这个时间，其实不是清晨，不是正午，也不是黄昏。但看着画面，我有了错觉，模糊了拍摄的时间。不过，整体的效果，是我自己所喜欢的。至少，我觉得充满阳光，也充满希望。

暗与亮的对比，是我偏爱的。而关于阳光的种种，也一直是我喜欢的。就如此时，这样的场景，一定是我愿意收藏下来的。

这一年来，基本都是用手机随拍，然后文字随记。手机拍的效果，自然不及相机，但是，它有更为便捷的好处。后来，便变成了习惯。

冬天，渐入深处。新的一年，真的就要来到了。

我知道，心动如景。

看 海

某个冬日，暖阳轻洒，细细碎碎地温柔着。阳光仿佛在悄无声息之间，便落在了心房里，把心情渲染得如同太阳的颜色。记得那天，正与久别重逢的亲戚们一起，在靠近吕四的地方相聚，其乐融融。

午后，冬阳更柔，我们沐着温暖的阳光闲聊。聊着聊着，便都说离吕四这么近，不去看看海岂不辜负了这么好的阳光。这不说便罢，一说，都来劲了，全嚷嚷着要去吕四看海。

车子足够，完全可以说走就走。我们动身驱车前往吕四，兴奋莫名的情绪弥漫开来。越来越接近目的地的时候，咸湿海风的气息也逐渐加重。很明显地感觉到，呼吸到的空气与平日不一样了。对于大海，无论何时，我都会怀有期待的心情。因为现实中，即使离这海不远，但是能真正见到它的日子并不多。所以，在这一刻，即将能见到海水真实涌动在眼前的时候，我的心情自然是格外期盼，期盼着早些见到海的辽阔。

当密集的房屋被渐渐甩出视线时，我们终于来到了海的身旁。灰蓝蓝的海面一望无垠，层层浪花翻滚奔腾着，前赴后继地朝着岸边跑来，不停地拍打着堤岸。我们的车沿着海边的马路一直开着，直到看不见岸边众多慕名而来的游人为止，才停了下来。我迫不及待地开了车门，第一时间走到海的身旁。咸咸的海风吹来，凝重而安宁。没有任何阻挡物存在于眼前，我可以放松而自由地欣赏着海的澎湃，心情一下子放松完全，惬意万分。面朝着浩瀚大海，总会觉得自己是如此渺小，又觉得那么些世间的烦情琐事是如此微不足道。至少在这一场景中，我是情不自禁地愉悦，甚至可以说，忘却了现实生活里曾背负的烦恼，丁点不留。

海上有几只不知名的鸟儿在飞翔，忽远忽近，忽高忽低，为整个海面增添了不少动态的美。我忍不住从包里取出相机来，沿着鸟儿飞过的方向按动着快门，想尽可能地抓住它们瞬间的灵动之美。远远地，还有船儿开过，依稀还能看到船掠起的浪花在海面上轻盈舞出韵律感。

阵阵海风吹来，禁不住感受到冬天里更深的寒意。海边的风，无所遮挡，自然会更凛冽些。即使蓝天里暖暖的太阳依然如故，那些阳光到底抵不过海面吹来的风。站了没多久，我们把衣服裹得更紧了，但还是恋恋不舍地面朝着大海的方向，想与它再多相处一会儿。

直到过了好久，我们实在难以抵抗冷冷的海风，不得已退回车内。这个时候，才万般不舍地离开了大海，离开了吕四。一路的风景在倒退，可是，曾看到的海之壮观景致却深深地印刻在记忆里，与吕四两字一起，让人难以忘怀。甚至在离开的瞬间，我就暗暗地许下愿望，什么时候一定再来与海相见。

第二章　书香之韵

书的世界里，香气袭人。那些相遇的缘分，都是我生命中的诗意。

书香生活

最喜欢的时光，大约就是与书为伴了。一寸光阴，一缕墨香。都说这世间，早已变得喧嚣浮躁。其实，改变的恐怕只是自己的心罢了，与尘世无关。读读书、写写字，岁月静好的感觉会在心里蔓延、散开。

那些古典的唐诗宋词，那些现代的美文杂谈，都会让生活如歌，随流逝的日子一起浅唱轻吟。当时光并肩而行，思绪浅舞文字中，无论怎么想来，都是书香满心，一切欣然。

【壹】四季

一年四季风景皆不同，冷暖交替，循环往复。带着一颗平静的心，感受着每一季的迥异。曾经看过的，或者现在正看着的书，其实早就变成了无处不在的影响，潜入心来，甚至到达每个不同季节的细节里。

春光明媚的时候出去走走，看五颜六色的花儿在每个角落都绽放开来。这世界、这城市，顷刻间生机勃勃起来。一起缤纷的，还有心情。

夏季，骄阳似火，常常懒怠出门。可是，偶尔走在热烈的阳光下，大汗淋漓又何尝不是别样的滋味。我想，我可以在夏日的中央同样热情。

秋风送爽时，落叶漫舞，唯美而不悲凉。树叶这样枯黄老去，何尝不是落进了等待重生的轮回。季节是否悲凉，无非心境做主。是喜是忧，只是一念之距。

冬天，湿冷并且萧瑟。但南国难得的雪花飘零，必定惊喜了一双双眼眸，还有很多人的心情。当心房里充满阳光充满暖意，这世界的寒冷再也不足为惧。

春夏秋冬，在历史的长度里周而复始。每一年，都有旧的结束，也必定有新的开始。生活的沉淀，是时时刻刻的生长。对于每个人来讲，意义都不一样。而对我来说，日子自然每天都是新的。但自始至终，有一种习惯不曾改变，那就是书香相近的状态。我曾在书中见到的、感受到的，有许多我不曾也不能到达的季节和地方，但因为阅读过，便不再觉得陌生。

看季节轮回，书香与共，这生活便可以浅浅喜，或者静静爱。

【贰】印象

对书的热爱，始终是挥之不去的情愫。从童年记事起，始终保持着阅读的习惯。这个习惯，早已深刻到日常生活的每个细节里，必能延续到未来。

而书的范畴，自然不只是小说书，或者休闲娱乐类型的书籍。对于书，我印象最深的，反而是曾经参加自学考试时，寂静夜里只有我与教材相伴度时的光阴。那时选择的还是英语专业。整页整本的书，都是字母与字母的组合，可想而知，自学的过程有多艰难。很多时候，看着厚厚的一堆书，甚至怀疑自己能不能在考试前看完。只是那段时光并不苛求考试结果，及格也好，不及格也好，都是无所谓的。所以，在后来一门门地顺利通过之后，我也常常感慨现实总是善良的，愿意让努力的人越来越接近奋斗的目标。

我始终难以忘情的，是那份阅读的心情。端坐台灯下，一字一句地看着原文，手边永远有本英汉字典。黑漆漆的夜色里，仅有我与书共处。数不清相遇了多少个这样的夜晚之后，我的学历最终能步步提升。孤身一人，从小中专出发，穿过大学专科并到达本科，只让教材相伴并自我地学习，其实是生命里难以抹去的痕迹。

那段经历，让我记忆犹新。不被打扰的宁静，在生命中悄然开出馨香的花来。

【叁】过往

再回首，那些过往的岁月里，都有与书有关的印迹。我的成长，我的梦想，都离不开书写的真实。

我还能望见刚工作的自己，或者坐在工地简陋的办公室里，翻看着如何做资料的书籍；或者戴上亮色的安全帽，行走在脚手架林立的工地。那时，没有更多具体的指点，只能靠自己出入工地多观察，或者靠前辈们零散的说明。那是一段每天工作时间最长、不能穿裙子高跟鞋、任凭风吹日晒的日子。也是那时，我那么近地靠近一线工人，和他们日日相见，也见到了他们身上书写着坚毅生活的人生准则。

那段日子是孤寂的，是枯燥的。但反过来想想，正是那段时光成全了我如何淡然远看世事繁华，也正因为那些装订成册的种种规范、标准，让我慢慢地领悟得更多，慢慢地懂得更多。当时觉得沉寂的时光，最后变成了稳稳向上的前因。

过去有多远，只在于心有多遗忘。我不会忘了那段过往，而且会深深感谢。刚开始工作的时光，是与叠加高垒的专业书籍交错在一起的，并且变成了念念不忘。

【肆】茶韵

以前看书的时候，更喜欢的是泡杯花茶，看一朵朵干花在水的浸润下绽开，花的香味随沸水倒入优雅飘出。现在，则迷恋上茶的味道。

家里有几个品种的茶叶，有红茶，有绿茶，但我更偏好绿茶。白天的时候，会泡浓些的，比如铁观音、六安瓜片，初时的味觉里难免微苦。但随后，有种深藏的香味在舌尖上停留，仿佛更能直沁入心。晚上，肯定不适合喝浓郁的茶水，更倾向于清淡的白茶。当悠悠清香萦绕而出，心情会格外愉悦。捧着书，品着茶，无论是什么辰光，都是有韵味的事情。某一刻，会分辨不出，哪是茶香，哪是书香。

窗前疏影横斜，而眼前是一书一香茗。谁说唯有酒才能自斟自饮，此时泡茶浅品，独自成欢。一片片原本卷拢的茶叶，在热水的温度下舒展，那画面单是想想就能沉醉。何况，近如眼底。水色会由淡至深，又随着品茶续水的速度变浅。动态的视觉效果，会带着同样韵律的美感，在心里漾出一幅画来。

而书的阅读也是如此。茶香依依，书情浓浓。每本书都是一个不同的世界，或喜或悲。透过别人的眼，便能见到我们可能永远无法抵达的地方。这不是单纯的茶香，分明已然渗入生命，将让未来的日子都清香满怀。

【伍】音乐

窗外阳光暖暖，透过玻璃，晒了一地的柔情。打开音乐，舒缓的旋律响起。那些音符飘飘荡荡，飘进屋内的每寸空气里，也飘进心里的每份情绪里。

书，一直都是随手可及的。有时，会看些电子书，不过总觉得，电子屏幕看久了眼睛会疲惫，还缺了点诗意的味道。更多的时候，是手持书香，翻阅为喜。那些书的质感，伸手可达。指尖摩挲而过，仿佛印刷的墨香随之渗出，心下宁静。

歌曲，多半是早就下载好的。一首首地连续播放，曲音各异。听的歌曲风格，向来是各种各样的：有悲伤的情歌，有优雅的乐曲，有激情的摇滚……有时，耳边飘进一句半句歌词；有时，已经沉浸在眼前的书中，那些音乐只是种氛围。

在音符的高低起伏间，我徘徊在书的世界里。那些视线经过的地方，都变成一种印象进入心底。音乐飘转，我的思绪也在字里行间移转。

很多时候，音乐与书籍构成了一个特别的空间，难以割舍。不知道什么时候起，音乐与阅读成了相互不可分割的部分。

【陆】伴侣

书，绝不仅有消遣之味。在通往职业技能的路上，其实也能精彩相随。如果身边刚好有个专业相同的伴侣，一定能锦上添花。

刚毕业工作时，建筑业的整日辛苦和漂泊不定，让我框定了未来婚姻选择的范围。哪一天我要结婚，对象一定是不同行业不同单位的。其实，想到的仅是当初认为的现实，原因很简单，起码两个人不容易同时失业。偏偏这世间有很多事情，是不与预想相同的。到最后，一起走入婚姻的是同在建筑业的他，也是同一公司的他。世界很大，缘分很近。

其实，这样也挺不错，共同话题里便有相当一部分是专业。取长补短，也可以是相伴而行时的一种方式。我们都因彼此而变得更加努力，也变得更加奋发。

就像那年，爱人说，一起考一级注册建造师吧。我欣然而允。其实，到那时，我已经懒惰了很多年。二级证书早就考到了，但一直没有动力去继续达到更高的高度。

这次，两个人同时报考，便有了相互督促，有了共进动力。翻着相同的书，哪怕有时异地相处，哪怕有时术语枯燥，但因为聊着鼓励着，便能一起继续向前。同样的愿望，同样的向往，在平凡的生活里变得熠熠生辉。最有意思的，莫过于我们同时通过考试拿到执业资格证书时，发现两个人的证书居然是连号的。夫妻两人都拥有同种国家级执业资格证书也不算太多见，证书连号的情况恐怕更为罕见。

我常常想，要是没有互相督促，要是没有互相讨论，单靠自学的方式，无论对于他或者我来说，肯定是乏味无趣的。共读这几门科目的时光，在后来回想起来，虽然早随现实一晃而过，但事实上却在记忆里久远地留存下来了。

【柒】孩子

家，永远是孩子成长的重要环境。孩子往往耳濡目染。我喜欢看书，我的女儿也一样。随着时光斗转星移，女儿上初中了，对书的选择基本跟我保持一致了。

家里订阅了些报纸杂志，往往两个人抢着看。看完之后，对于一些感兴趣的话题，还会讨论交流。到现在，我不会也不能说，我绝对影响了她。确切来说，应该是互相影响。她的很多想法，对于我来说，也是崭新的世界。

这些年，我断断续续地给她记了些成长日记，有她长大的痕迹。她也会常常翻看，并会感谢我的记录，感谢我为她留下的美好。而对于我来说，近十万字的成长日记，成全了我热爱文字的心，也让我一步步地靠近文学的神圣殿堂。

当时很随性的日常记录而已，从来没有预想过，其中的一部分会在以后成为铅印的文字。但，很幸福的是，这变成了现实。甚至，我发现了自己深藏心底多年的文学梦。

我从来都这样认为，是给女儿记下的成长日记，让我的文风渐渐成型，让我在后来走进了散文诗歌的世界。谁能否认，这不是生活的另一种恩赐？至于说，能够将散文汇集成书，更是从未想过的事情。而当这一天到来，并且是热热烈烈地到来，我被感动了。

在孩子成长的日子里，我不忘陪伴，但不是以失去自我的追求为交换。我一直都知道，我和她应该互相鼓励，并且相伴成长。现实中，我也这样努力着。

当我的文字在进步的时候，她的文字也同样在成长。她陆续地发表着一些习作在报纸杂志上，让她除了对写作自信满满，在其他方面也是如此。

前些天，女儿被学校推荐为全面发展的学生代表，接受了《当代教育周刊》的专访。那些关于她的大篇幅报道叙述《全面成长的少年时光》，也可以说，是我对于教育理念的向往。而我也能想起自己在前年接受的专访，刊发在国家级行业期刊《建筑》、省级行业期刊《江苏建筑业》等报纸杂志，以及《中国工程建设网》《中国建筑学会网》等网站。当时光再次往前推进，回过头望去，我可以肯定地说，我不曾辜负这两年的时光。想来，当女儿再长大些，同样再去对比现在的这篇访问报道，一定会发现自己更多的进步。那其实很美很好，不是吗？

和女儿在一起的时光里，我们相偎与书在，携书共成长。阳光生活，快乐学习，是我与她的约定。

【捌】网络

如今，分明是个信息时代。说起来，我也似乎混迹网络多年。这些年，细长网线的那端，始终连接着一个虚拟又繁华的世界。

仔细想想，我有很多朋友是通过网络认识的，大多都是通过精彩文字而识。各自在自己的现实世界里生活得多姿多彩。他们常常说我影响着他们，但我想，又何尝不是他们影响着我呢？我们在现实生活里，分散在不同的职业里，也都有着不同的人生轨迹。但因为同一爱好聚在一起，穿越过五湖四海，在虚幻的世界里见面，却真实得仿佛伸手可及。

网络之内，我喜欢去的地方基本就是文学网站，所以，所熟识的人们基本都是会写文字或喜欢文字的。除此之外，更有擅长画画、摄影之类的。他们都才情横溢，文采斐然。最珍贵的是，他们都心境从容，懂得享受生活之美，懂得淡然得失之意。

时间流淌向前，相处的方式会改变，成了另外一种模样。我从最初的路人，变成参与者，又变成管理者，得益于网络之内相识友人们的无限支持和深刻影响。

都说网络内人群纷杂，来去不定，相逢又相离，谁又是谁的谁。可我见到过最纯净的付出。以前，跟友人们一起开设过免费的网络教授课堂，我并不主讲，只是做些辅助的事情。几个老师，都花费着大量的时间不烦言教，在网与网的错综交错间忙碌着。不为别的，只为惺惺相惜，只为共同爱好。他们对我影响极大。

所以直至现在，论坛这种网络交流模式渐渐被淘汰，冷清也是大势所趋。当我看着自己所管辖的几个版面都从繁华变成孤寂，但依然可以坚守留恋。这份坚持可以说也是从他们身上学到的。

谁说网络里只有虚幻缥缈，我一直不这样认为，因为我在其间相遇的人们都温暖如阳，并照亮了我通往前方的路。那些感受过的暖意，在记忆中绽放成美丽。

【玖】文学

最近的几年里，文字让我的生活色彩缤纷。当我以散文诗歌的方式书写生活时，连同学都很诧异，工科出身的女子如何能写得出这类文字。想来，从前读过的许多书，近年来写下的许多文字，都帮助我慢慢走近文学。

其实，对于文学，一直保持着敬畏之心。身边始终有着一群热爱文学的人们，而且高手如林。能够写一些达及己心的文字，于我来说，就是满足。但成长是多方面的，我从最初的直抒心境，渐渐转变成与专业建筑有关，对文字的应用也自如了很多。我很喜欢这过程。

因为热爱文学，便会不知不觉地已经身处在文学圈内。常常看到认识的友人们出版发行新书，阅读的世界里又多了精彩的篇章，而且那些文字熟悉亲近，值得我为他们自豪骄傲。

我从没有想到自己曾经也同样可以出版发行散文集。很多朋友常问我何时再出第二本书，我无从回答。对于出书，并不刻意而为，当初也是机缘巧合。纯粹地为写而写，自在愉悦。总是觉得，如果未来的某一天，又可以顺理成章地接着汇集成书，那自然更好。而现在应该就是我以为天时地利人和的时候。

对于我来说，所有写下的文字，是对过往的回忆和对未来的憧憬。它不是必不可少的，但肯定是生命中里程碑似的记忆。那些文字里，有过去生活的留痕，并以墨香犹存的方式保留了下来。我，我的亲人们，或者喜欢我文字的友人们，可以用阅读的形式与我共享。原来，可以阅读的书籍中，还有一本是我自己写成的，是不是很值得欢喜？

对于文学水平本身，我只能缓缓修炼，究竟能达到何种境界，只能靠悟性和坚持不懈。但对于文学推广，我想我可以不遗余力。如果阅读成为全民的共识，想来，这世界让人感觉更有深韵。近两年来，我也慢慢涉及文学推广，尤其是启东家乡文学。事实上，我自己也受益匪浅。

韶华徐徐，何妨扬眉淡然，浅笑怡情。我想，我愿意在文学的世界里欢喜，与热爱文字的文友们一起，共力齐心。

原来文学很美，原来文学也很近，它其实在我的世界里无处不在。

时光荏苒，可梦想却始终都在。淡然地生活，舒适地工作，朝着梦想一点点地接近，就好。

这世间，其实很公平。付出的，总能达到相同的收获。当有梦想时，为之努力，便能到达更好的未来。

对于梦想的定义，我始终觉得，不刻意，不强求，但必须足够努力足够愉悦，才是奋斗的意义。那些看过的书、自己写下的书，都是托起梦想的基础。而想起时，心里洋溢起的，是种种欢愉！

都说人生如白驹过隙，岂容得蹉跎？人生的每个角落里，若都有书香萦绕，微笑随心，便是理想的生活吧！

相识因书缘

温热，从空气中渗出。春天，俨然触手可及。远离严寒的世界，繁花似锦的景象铺陈开来。这样的天气里，一切都看起来生气勃勃、万物复生。

天气的转变，无形中影响着自己的习惯。就像现在，我再也不用缩手缩脚地躲避着冬天的冷意，可以悠然地泡杯花茶，慵懒地斜躺在沙发上，捧起一本喜爱的书本来阅读。这样的感觉，如同伸开我的手臂拥抱了整个春天。

读着读着，手中的书便被翻到了最后一页。于是我站起身来，打开书橱想重新挑本书再读。忽然有种惊喜的心情，在这一刻涌过。我的视线掠过之处，很多书籍的作者均是我真实世界里相识的人们。每一本书里，仿佛都藏着他们的热爱文学之心，而最让我感觉欣喜的，是这些作者都是我的朋友们。

原来时光的悄然流逝里，我已然收获了另一种方式的生命沉淀。

回望从前，一幕幕记忆中的场景可以追溯。七八年前的自己，藏在浩瀚的网络海洋里，默默书写着所谓的小女子心思，在文字的世界里孤独而寂寥。但渐渐地让一群优秀的会写文字会生活的女子们深深吸引，我对文字的喜爱犹浓。我开始会在心有所感的文章后面留下评论，也会认认真真地写下一些散文随笔。如此的互动，居然让我拥有了一份份网络间真挚到现实里的友情。记得没过多久，收到了其中一位网友出版的散文集，淡雅的蓝，温暖的情。那是我第一次收到相熟作者所写成的书，直到现在都记忆犹新。而那时，我绝不会想到，过了几年之后我也能拥有自己书写然后出版的散文集。

所以说，凡事都不会停滞不前，也不会一成不变。可以说，对书的热爱，贯穿着我走过的日子，也伴随着我走到了现在，以及将来。那些远远留在我过去里的时光，镌刻着我深深喜欢阅读的心情。

在这几年，我的世界里遇见了越来越多热爱书写文字的友人。

而且最觉得珍贵的，是他们始终用坚守执着的态度、敬畏文字的心来对待着，从笔端流淌出来的每一字每一句都是自己的内心想要表达的。那种态度，值得尊重与品读。

要说如今和过去不同的地方，那也就是现在的我更多接触到的是启东本土的作家或文学爱好者们。不知道从什么时候起，我跟随着他们的脚步幸福前行，深切感受着来自家乡土壤中生长的文学情怀。所以，此时此刻，我的书橱里，我的视线里，很多启东作家写成的书籍整齐罗列着。和这些作者的情谊，我已经从书中延伸至了书外。也就在这样的瞬间，我忽然能感悟到从前和现在的不同，也能感受到因为对于书、对于文字的爱好，我的精神世界早已变得更加富有。

气温的暖，花茶的香，依然游离在我的周围。我随意挑选一本书，就是我熟悉的文友所写的，这便是我因阅读而改变的生活。我真的能感受到春天正在迎面而来。

与雨共读

窗外，淅淅沥沥的雨声不停。近来，似乎常常下雨。那些雨丝仿佛缠绕了整个春天。房间里，安安静静的，所以，能清晰地听见雨水滴落时带来的声音。每逢这样的时光，我总是更喜欢看看书，享受着作家们笔下的精彩世界，为之沉醉。莫说这不是享受。

正巧，网上买的几本书送到家了。书的墨香犹存，一下子就让心情愉悦起来。前阵子，一直在看微型小说，只不过女儿迷上了小仲马写的《茶花女》，让我有了浓浓的兴趣重读经典。她把书搁于桌上时，我忍不住再次翻开阅读。这些类似的世界名著，早在我上中专的时候就看了很多。但是那时，多半是图书馆里借的。阅读的途径并不是太多。如今，读书的方式多种多样，电子书也很多，但我还是更愿意买回实质书来看。翻着书页，闻着书香，那才是真正享受的感觉。

新买的书里，有一本玛格丽特·米切尔写的《飘》，很多译本也会翻译成《乱世佳人》。我想，对于标题，更喜欢前面一种译法。这次有些特别的是，我买的是双译本，中英文对照的版本。中文翻译好的，自然有阅读的方便之处，但我此刻更想感受下原著的风情。

女儿挑选这类书看时，似乎比我早了好几年。家里可供她阅读的书，分类应该说很广泛的，所以，她挑了《茶花女》看的时候，我还稍稍诧异了下，毕竟我读这本书的时候，最起码十七八岁了。兴趣，我总认为对孩子的阅读来说，至关重要。我希望她所看的，都是出自内心，是自己真正喜欢去读的书。当我见到她爱不释手地看着，仿佛也看到了曾经的自己，我的心情是倍感安慰的。像她这般大的时候，小学六年级的年龄，我应该热衷看各类武侠小说。只是，对于阅读，我从来不替她担心，她的阅读类型很宽广。无论经典名著也好，通俗刊物也好，喜欢的、积极向上的，便都是好的。

她看的很多书，也都是我小时候爱看的。时光流转，到如今，看着自己的下一代品读着同样的书，我深深地相信，这也一定是一种文化的传承方式。如《故事会》《故事大王》《少年文艺》等期刊，这些我小时候就能见到的刊物，到现在依然存在着，所以，我都订阅了。特别觉得欢喜的是，女儿跟我小的时候一样，非常爱看。新刊投递到信箱后，我常常是跟她抢着看。看到精彩的情节，会分享给对方。那样的感觉，很幸福。

夜渐深，女儿忙着做作业，我坐在旁边，正好捧着书读着。听着窗户外的雨丝轻落，心下宁静。书的封面，清澈如水的绿色，也如此时的心境一般。读着英文版的名著，速度自然是极慢的，但仿佛，放慢了生活的节奏一般。读着书中的情节，重温着昔日阅读的心情。有些被遗忘的记忆，镜头般地倒放回来，在脑海里浮现出精彩片段。

这世间，有种阅读，与年龄无关，只与心情有关。安静地读着书中的字字句句，与雨声一起，记住了这个春天！

诗意地生活

走入四月的时光里，时而细雨蒙蒙，时而煦阳暖暖。

哪怕此时，窗外阴雨不断天色昏沉，却依然看得见大片大片的绿色明亮在我的视线里，然后攀爬满心房。这样的感觉，会让我联想起最近一直随身携带阅读的书——启东青年作家黄丽娟写的又一本新书《淡定从容，诗意优雅——做一个自有香气的女子》。翻开书来，有春花烂漫的美，有夏荷素洁的雅，有秋枫灿烂的悦……无论是视觉感受，还是阅读心情，都犹如一个饱含着诗意的世界就此铺陈开来，并让人久久难以忘怀。

读黄丽娟的文字，会将浮躁的心平静下来，甚至慢慢地柔软起来。从她的前序中，就能略感她的内心是如何保持着诗意的状态，可以优雅地生活在这凡尘俗世里。正因为她的心态如此宁静，所以，在她的文字中就可以慢下生活的脚步来细细聆听、慢慢感受。有些是她结交的友人，有些是她至爱的亲人，有些是她钟情的花草，有些是她憧憬的未来……一幅幅诗情画意的生活长卷，在一篇篇的美文里优雅地徐徐展开。

全书总共五辑的内容，而每一辑的名称，都很有情调。比如第一辑：世界很美，而我刚好有空。是呀，这世界的美无处不在，可往往缺乏的就是悠闲地停下脚步去欣赏的心情。而在她宁静致远的世界里，一碗睡莲、一缸金鱼，都是蕴藏着满心欢喜的时光对视。那些春暖花开的场景，悄然地从岁月里溜出来，明媚着每一寸心情。也许就是冲泡一杯柠檬蜂蜜水的动作，生活的清香就从心灵深处飘溢出来，文字内外，都有一个温婉的女子。世界很大，可是每一种相遇都是缘分，刚刚好遇见的就是最美好的。黄丽娟笔下写出的男男女女，无论老少，都如一首首独特风情的诗歌，他们在她的文字中用柔情的语句抒写着自己的人生。那是真实又贴切的人间凡情，不由得让人觉得近在咫尺，又深恋其境。

这世间，其实没有那么多烦恼与悲伤。读着黄丽娟的文字，更觉如此。就像她另外几辑的辑名意义一样，在那些情愫如花的日子里，心中的那朵花就一定会盛开。我们都应该爱着，并且选择我们所爱的，也爱着我们所选择的，这样才是对生活对自己最好的尊重。如此心境之下，悠长的岁月里，岂不是每一天都是佳词好诗！那些去过的地方，无论古镇古城，抑或名山名水，都是可以将浮华看罢后归来。所有的心心念念会升华，然后涌动成一行行的诗句，将心情柔化舒缓。

平淡的日子，也是可以富有趣味的，区别无非是心态迥异罢了。就似她一样，认识一些有趣味的人，做一个有趣味的人。日子久了，就成了一个自有香气的女子。在这本书的扉页，绿色的底色上写着她隽秀飘逸的亲笔赠言“将日子过成诗”。这句话便是我最期待的生活味道。

秋夜·雨

雨，拉开了夜的序幕。此刻，窗微开。随风飘进的，是满屋子淅淅沥沥的雨声，时轻时重，时缓时舒，一滴不落地钻进了耳朵深处。

这样的雨，本身就是首韵律感十足的曲子。那些旋律，应该是雨丝触碰大千世界的微音。听着分辨着，里面仿佛有花朵、树木、地面……有着千姿百态的万物正沐着秋雨。声音的流动，似乎就是雨水与大自然在对话，埋怨夏的闷热，感激秋的清凉。阵阵雨，到底催来了秋天。这会儿，雨落一次，天便凉几分。夏天，在身后不远的地方，无声告别了。

向外眺望，灯影如昨，雨意依然。远处的，是城市在深夜里留下来星点的灯光；近处的，是对面楼宇模糊的影子，已经陷入了整片夜色，瞧不见傍晚时分存在于黑夜里的亮堂。

如此的夜，听着雨滴落的声音，沉浸在眼前日光灯的明亮里。我并无意打开电视，或者步入网络，只是想静静地醉入难得的寂寥雨夜里。莫不说，这也是种幸福！

铺开洁白的纸笺，开始用笔慢慢描绘起关于这个夜晚的种种，一字一句，也一笔一画。有些是往事的痕迹，有些是秋夜的沉思。

随着夜色茫茫，随着笔墨沉淀，一起渗入文字里。这个时候，不用敲击冷冰冰的键盘去码字，也不用盯着电脑屏幕去感受文字带来的语境。用最初的方式，纯粹地用纸和笔表达着，心之所想，字之所至。久不握笔的手倒也不觉得生硬，因为这个时候，会更深刻地体会到心情，安静中自在，极其难得的感觉。

我们这代人，或许倍享了信息世界的便捷，却也往往受之束缚。曾几何时，同样走向秋天的静夜里，重复地守望着网络，这一切的现代化方式，都代替了近距离感受秋风吹来的场景。而今夜，因为秋凉的到来，因为雨落的声音，我忽然拥有了一份失去已久的心境，如同此时此刻——耳畔听见的，再没有空调制冷的声音；眼前看见的，再没有电脑屏幕的亮度——只有那些雨缠绵萦绕，与我的思绪交织在一起。

我一边手写着文字，一边耳听着雨声。岁月独好，在秋日中静静沉淀。我想，很多时候，我们都控诉着这世界越来越喧嚣，这日子越来越浮躁，可是，心情永远是属于自己的，改变的恐怕不是别的，只有自己罢了。

至少，我能回想起来的，如同这样宁静，与网络远远隔离的夜晚，实在是不多。好像那些记忆，都停留在远远的过去。近些年的时光里，似乎更少出现。但现在，我仿佛又寻回了逝去的感觉。仅仅一张纸，仅仅一支笔，在这个夜里，端坐而写。窗外的雨，相伴于我，聆听、诉说。我是如此清楚，多么享受与雨共度此夜的心情。

犹如一首歌，一首曲，在雨的声音里清晰起来，不停地在心里弹奏着让人静心的旋律。我从未想过，秋夜里，其实可以与雨这样相处。

远方的你在我身边

这几日，桂花的香味四处可闻。走在路上，那份花香扑鼻而来，仿佛如影随形，直沁心房。如此的秋日，总会让我觉得特别美。

天气特别晴朗，气温回暖了些，还有些夏的气息。那些藏起来的短袖薄裙，在这个日子里，居然又可以拿出来穿了。沿街而行时，微微的风迎面拂过，又见落叶飘飘，和风吹之后飘动起来的裙衫一样，点缀着视线里的风景，如画如诗。

不过想来你那儿的天气，应该跟我这儿的大相径庭。毕竟，从地理位置上来看，你与我此时相距的是这样远。这几年来，不管是你生日还是我生日，基本都不在同一个城市里，自然也不可能相聚同欢。我在南方，你却在北方。前几年你还在近些的北方，到现在，已经是更远的北方了。这么遥远的距离，只能让我的祝福穿越网络，穿越千山万水的旅程，来到你的身边，告诉你，我祝你生日快乐！

即使如此，即使你我已经很久没见面了，即使你在远远的地方，我却从来没有觉得遥远。一直觉得很感谢生活，很感谢我的世界里可以出现一个如你一样的挚爱女友。这世间，有很多种缘分，而你与我，是友情里相互遇见的幸福！不管是否如同从前那般日日相见，也不管是否如同现在这般相别多日，但是那份默契度始终不曾改变过。

那些过去的时光，依然历历在目。有友如你，我感觉很知足。无论快乐或者悲伤，我都愿与你共享。你见证过的文字，陪伴着我们一起走过的日子。如果说，是不是有一个人读过了我所有的文字？我想，那个人应该是你，或者说一定是你，不管是当初的文字涂鸦，还是如今的散文诗歌。

你的北方，应该很冷了吧？我坐在秋阳如夏里，给你写着一些祝福的话语，还有一些想念的心情。当这些与你相遇的时候，你也会重新感受到你那儿早已消逝的夏天或者秋天吧！

其实刚和你通过长长的电话，但还是想用文字的方式再次记录下关于生日的祝福。好像我们曾说过，如果我每年这样写文或写诗赠你，到年老时，应该也有很多篇了，那时再翻着看看，友情的温度也在文字间一直存在着，多好。就算以前写给你的那些文字，现在偶尔再见到时，我依然能想起当时写下时的心情，每次相似却又不同。

纵然我们遥遥而望，但是心意相通。所以，空间的距离也无所谓了。常常也遗憾，我不能在我的城市里留下你，只能望着你走到越来越远的城市里去。不过，有些事是我无法改变的。想想也是，网络相守或心间思念，都会是温暖的方式，都会是友情的长度。你和我的情谊始终未变。

今日，阳光独好，微风暖阳，一切都是极为舒适的。如同我在想着远方的你，感觉甚好。愿亲爱的女友，在隔着山山水水的地方，万事皆顺！当冬天来临时，你从远方归来，我们就又可以相见了！也许，今年也好，以后的每年也好，你我的相见，说不定都要隔着近一年的时间，但相信，无论何时，你我都近如咫尺，都默契相念。

我知道，远方的你，始终都近在我的身边。

有些人，即使不常相见，却亲密相伴。

你与我，亦如此！

我挚爱的红颜

最近常常会走过花香浓郁的街巷，那种沁人的香味直达心底。抬头仰望天空的时候，又总能看到最美的蓝天白云，或者晚霞暮霭。这般模样的秋天，是我最喜欢的。而这样让人感觉美好的日子里，又迎来了你的生日，感觉真好。不过想来，你在的北方早已冷意深深了。但我的祝福，或许会让你不觉天气的寒冷。

正巧，今天的空闲时间颇多，所以，我愿意用可以达到的方式分别来诉说着对你的祝福。有些方式，已经完成；有些方式，正在进行。无论哪一种表达，应该都会是你喜欢的。这过程，也有重温的感觉。某些久违的回忆，也会在此时到达我的思绪里。那些有你相伴的过去，怎么可能不浮现在我的心里。

每一种送给你的祝福方式，其实都有你曾经相随相行的影子。我也可以这么说，我能成为现在的自己，始终因为有你在我身旁。总觉得闺蜜可以产生的潜能是巨大的。你我相识的时候，我并不涉及文字。我也绝不会想到未来的日子里，能回到小时候的写作梦想里，然后自由地用文字书写。而从开始陪到我现在的，甚至将来的，唯有你。最初的时候，你还一字一句地替我改着文稿，而经过你手的文字，会让我底气十足。虽然到后来，你说你的水平已经跟不上我进步的速度，不能再替我修改了，但在我的心中，你一直都是我专属的唯一的御用编辑。无论我的文字以后能到达何种程度，我都不忘初心，都不忘最初的那段岁月。其实，对于每一个写作的人来说，很少有他人能够读过自己所有的文字，但我想，如果我的生命里有那么一个人，那个人就是你，甚至包括我曾生涩稚嫩的文字，以及更多其他的领域，比如朗诵、唱歌等。

除开刚才说到的这些，单说说游戏水平，想当年也是你和我互相对决而练出来的。那时往往白天在你家喝了俄罗斯产的速溶咖啡，却直到半夜还会很兴奋地睡不着觉，于是两个人各自守在网络的那端，然后玩游戏到深夜。现在想起来，还有些好笑，其中一款游戏居然是现在看起来没有技术含量的“连连看”，当时玩得很是不亦乐乎。不过话说回来，那会儿很多的QQ游戏，我们都可以互相攀比得分，级别也是相当可以的。

当然，无论是哪一种，都仅仅是你与我之间的一部分而已。纵然我们在更多的时候，不能常常面对相处，或者常常联系相聊，但从不会影响成疏离感。任多久未见，任多久未联系，都与感情的深浅无关。所以，我一直都觉得自己很感谢人生的缘分，相识于你，相交于你，相爱于你。

文字的表达也是有限的，所以，我只是匆匆用散文体的形式来祝福你的生日。太多太多的心情，是存在于文字之外的，而我想，你自始至终是懂得的。谢谢你，我挚爱的红颜！如果说，将要结束文字的时候，用最简短的一句话来表达：你就是站在我身后的女人。这句话，某种意义上来说，也是适合的。而想起你时，就如遇见此时金桂飘香的晴朗秋日，我心里已是满满的香味。

感恩你在我的世界里

气温骤降，却让久违的阳光重新回到我们的身旁。这也许就是人生中会经常遇见的不可兼得。可阴雨了这么多天，到处是潮湿。恐怕再这么持续下去，情绪也会被无处躲避的湿气浸润成湿漉漉的样子。现在纵然冷意肆虐，彻骨的寒冷从每个角度侵袭而来，但走在寂静的路上，阳光同样从每个角度照耀在身上，心里升腾起来的是愉悦。在这个城市还未完全苏醒的时候，我穿越过一些街道，沐浴着一些冬阳，感觉如此满足如此欢喜。

蓦然瞧见网络提示，见到了我去年感恩节前写的文字《谢谢你，路过我最好的年华》。日期正是去年今日。可巧，今天正正好好就是又一年的感恩节，于是，我让思绪飘飞，并写下些此时抵达我心中的文字。一直都更喜欢用随笔的方式来记录那些瞬间拥有的心情，应该会更加接近真实的存在，而且会更加靠近自在的表述。

对于人生中相遇相识的人们，我喜欢用随缘的方式相待。若愿意亲近于我，我也必用更亲近的回应来告诉你；若愿意远离于我，我也必用更疏远的距离来对待你。但无论是哪种人，我都会心存感恩，感恩你曾经存在于我的世界里。所有的拥有，无论悲喜，都是成长的必然，也是生命中应该坦然接受的现实。也许只有这样，我们才能成为更好的自己。谁能否认，不是曾经的种种，才成就了自己的现在，甚至将来。

而此时，我在写下这些文字，如你有缘看见的话，你就是我更加感恩的人。我知道，我感恩你在我的世界里，在我如今的生活里正处于一个特别的位置。是的，每个人都是特别的，与联系的多不多无关，与想念的深不深无关。我很感谢，无论在何时，送达给我的赞扬与鼓励，那些都是我前行的路途里最美好的力量。人生，可以过得平凡无奇，但不能过得平淡无味。我想，因为一份份爱，已经让我的世界如花海般芬芳盛开。每一份爱，深也好，浅也罢，都值得我满心欢喜。

爱，就一个字，却广义无限。相信每一个人对它的解释都不相同，但一定有相同的感受，这是一个看着就心暖的字，日子一定可以因爱而美。爱着，便爱着现在的拥有。感恩地爱着，心里的温暖想来可以更浓郁。不悲伤地怀念，不埋怨地悔恨，所有的年华会慢慢沉淀成生命的幸福。

听起来极度酷寒的天气里，我似乎还没有体会出那种传说中的冷意。但泡了壶花茶，茶的清香、水的热度、花的摇曳，都立即抵达我的世界里，就如我的回忆里涌现的温暖场景，重重叠叠，交相辉映。爱着，并被爱着，就好。

都说这世界纷纷扰扰，太过辽阔，太过复杂，但我想，我要的很简单，只要简简单单地爱着，温温暖暖地被爱着。每一份珍惜我的心意，我能明白，也能感恩。这世间没有无缘无故的爱恨情仇。所以，在此时此刻，我写着文字时，在我心底想起的人们一定是我最为感恩的存在。

感恩你在我的世界里！

感恩你正在我的世界里！

感恩你依然还在我的世界里！

……

现在流行的，重要的事多说几遍，我当然也很乐意把这样一句话多说几遍。想说的话，其实还有很多，但文字总不能概括完全。懂得的人，一直都会懂得。感恩你在我的世界里，致每一个依然存在于我的世界里的人！如果有缘，如果在乎，你应该会看到这些文字，致我的世界里每一个感恩爱着的人！

阳光，因爱而来

近来的天气，不要说北方开始雪花飘飘，连南方都保持着阴雨连绵，冷意骤生。而这样的日子里，我反复读着一本书——青年作家黄丽娟的新书《携一缕阳光奔跑》。读着读着，发现时光因此而变暖。有些曾深藏在心底的情愫，也会随之滋生出久远的温热。

于是，这些文字，让我心甘情愿地从秋天读到了冬天。视线在移动，岁月在流转。暖暖的情感，油然而生。一篇篇美文，皆因爱暖至心底。

原来，这世间的草木，都是有着自我本心的。每一种生命，便是每一种生长的姿势。有些不能用言语说出的字句，却因美好的心灵，犹如花开溢清香。如果能简单生活简单爱，幸福就能无处不在。也许就这样相遇花花草草，懂得它们，体会它们，就会是人生的本质领悟。因为生活里总归会遇见一些人，会遇见一些如花草般品质的人们。这样的遇见，会是心灵的洗礼。一旦灵魂都拥有了香味，何须埋怨生活之浅薄呢？优雅地思考，优雅地行走，优雅地让生命盎然成绿洲。想起某个瞬间，想起某个人，也许会觉得希望的花正在盛开。若能忘了尘世间的贪欲杂念，素心相待，流年如清欢。有些人，若用花草来诠释，微笑一定是永不凋零的容颜。无论是谁，一旦有了爱，时光也就有了意义。忧愁将远去，然后爱成为永恒，不停不休。随文字的魅力镌刻进心里的，一定有深深的爱，连同花香。这些都成了这本书第一辑的味道，每朵花都会微笑。

而第二辑告诉我们，每个人心中都有一个理想的自己。岁月的流逝里，有静有动，有恨有爱。可是，相信每一种的存在都是有理由的。任何的结果，也许就是刚刚好的状态。何需苛求生活，埋怨现在。其实，放松着然后享受，才是怡然自得的情调。对于生活品质的追求，只为欢喜，只为阳光，却不用细致到疲惫。清明地与爱共在，芬芳自袭来。想来，生活的香味，会渗进每一寸的空气里。每一份爱意，每一份鼓励，会改变一个人，会成就一个人。至于怎么看待相遇的事情，则取决于心态。若是处之泰然，就是最好的结局。这世间，本就不缺烦情琐事，又何须自寻不快。对于生活圆融些，或许就可以回到爱的生长地。有所敬畏，才能有所拥有。很多时候，更是取决于自己面对尘世的态度。若心有趣，这世界同样足以有趣。

通常作者的往事，在语言的形式下，会自觉或不自觉地流露出来。第三辑里的情感文字，就告诉我们有多少时光曾被温柔仰望。这中间，有故乡的乡情，有家人的亲情，有旅行的友情，有网络的真情，还有作者自己心怀感激的深深情怀……那些情感，都仿佛触碰到了心底最柔软的地带。字里行间流淌着的，并不单纯的是作者的记忆，同样能让读者退回到遥远的已逝去的年华里，或者被真挚而浓郁的情所感染。原来，时光里始终都有着柔情似水的曾经，存在于平凡日子的点点滴滴里。

第四辑所写的文字里，从各种吃食开始，传递着情深意切的感觉，就是幸福里一直有爱的味道。南瓜、面饼、秋葵、醉虾……每一样都带着家的味道。而一本书、一首歌、一句话，都如月光流水般，藏满了爱的光芒，藏满了心的感动。沉醉其中的，是难以言说的吸引。一切的情感，都在慢慢流动，流进了光阴，流满了世间。

我们，总是边行边走着。有些地方，曾在某个时刻邂逅过，并倾心过。从此，再难忘怀。第五辑，则是如此开始。请出发，和喜欢的一切在一起。因为不仅仅是旅行的地方，更是包括所能感知的一切，如季节、天气等日常所有。泡一杯茶，或许每个人都选用不同的方式，但心怀彼此，又何必计较何种方式呢。生活，事实上也如此。

她的文字，让人越读越爱。曾经读过她的第一本书《一树花开》。但这第二本书名，倒也能贴切表达我读着时的心境。那些与书共处的分分秒秒，就是携着一缕阳光奔跑，而且暖意十足。这个冬天才刚刚开始，我却知道，她诉说着的爱，足以让我抗衡冬天将来的寒冷！每个日子，如有爱，就有阳光！

冬来而静

这些日子，南方的天气在悄然降温中默默步入冬天。而对于北国，早就在电视里、网络间，看到雪花飘飞。雪景看着很唯美，却寒意十足。

幸好，我在南方。时而的阳光明媚，至少能在初冬的时节让人有种美好秋季的错觉。虽然，落笔写文时已经入夜，但依然可以清晰记得午后的时光，我沐着阳台处格外暖心的温度，任自己沉醉在满满的阳光里。

手捧书卷坐在阳光下，除了把书页置于背光处不伤眼之外，把自己整个人安于阳光照耀的范围之内。悠然，恬静。仿佛一伸手，就能用掌心握紧满把冬阳的光芒。屋子里原本是安静的，只有阳光与我静静地相伴着。这时，书中的内容退而为其次了。令我心醉的，是那时那景。

想起了关于记忆中阳光的味道，那是小时候和妈妈一起晒被子的场景。白天大好的太阳照暖了被子，仿佛贮存了许多阳光在棉絮中，久久都不会消失。晚上钻进被窝时，就可以闻着浓浓的阳光味道而入睡，让人感觉满足而幸福。我在想起这些片段的瞬间，与心同步温柔起来。不知有多久没有陪在父母身边了，工作之后几乎是日日往返在建筑专业的路上，持续的忙碌，少有休闲的时光。可我一直庆幸，心底那份渴望悠闲生活的愿望从未淡泊消失。无论在节奏多快的日子里，我依然能寻求到属于自己的一份闲情逸致。

冬夜，是短暂的。我从回忆的场景间回到现实，看见女儿置于桌上的笔墨砚台，兴致顿时而起。找些纸来，开始练练毛笔书法。一笔一画间，心静而宁神。说起这毛笔字，真是好多年没有碰过了。现在习惯了用电脑，手写的字变得愈发生硬，可在心里，还是怀念小时候练字时的感觉。有时，也会取笑自己，瞧瞧现在糟糕的字迹，那时怎么能是全班写字最漂亮的孩子？那时，曾多么自豪地成了全班唯一一个进入学校毛笔书法兴趣小组的学生。而那样的时光，早已远去无踪。

这世间万事，也该皆是如此吧。熟能生巧，但久而不练，势必会将自己遗弃，曾经的优势也仅仅是曾经而已。与那时不同的是，那时书写时仿佛带着比别人优越的心情，学书法本身并没有让我过于重视；而这个冬夜，我书写下来的，是偏向于优雅而享受的心境，是纯粹的写意。字的好坏，已经不重要了，我只是深深地感受着那份墨迹间的心情！

我居然用毛笔慢慢地在写散文，速度自然无法与敲击电脑键盘相提并论，但我突然拥有了难得的情绪，一种在宁静里感悟的意境，在这个冬夜里渐渐弥漫开来。

光阴流转中的传承

——我和《故事会》的缘分

约了闺蜜一家在外面吃饭，在等待的空隙里，见她正上初中的儿子津津有味地看着书。我问道，看什么书这么起劲呀？他从书的情节中回过神来，把书扬了扬，我一眼就认出了这是本《故事会》。我立即很起劲地和他聊了起来，从各自喜欢哪个版块，直聊到特别喜欢哪篇故事。我女儿在很小的时候就开始跟着我看《故事会》了，所以，她也立刻加入了我们讨论的行列。忽然发现，对《故事会》的挚爱情结并不仅仅存在于我的心里，也存在于相识或不相识的人心里。

闺蜜儿子不无委屈地说，他特别喜欢《故事会》，有次带到学校去，却被老师当闲书没收了。我笑道，那应该是你老师从来都没有好好看过《故事会》。我想想自己，是从小学时就开始看《故事会》了，直到现在自己的孩子已经上初中了，还从未间断过。可以说，这应该是我这二三十年来唯一连续阅读的一份杂志。

回忆起来，我与《故事会》的结缘，是因为我的母亲。母亲并不喜欢订阅，但她每期都会买。她的枕头下，时常藏着最新的《故事会》。我呢，会在看见新书的第一时间和她抢着看。直到现在，七十岁的母亲还依然保持着看《故事会》的习惯。前两年旧房拆迁时，很多旧物她都丢弃了，却依然把一大捆一大捆的《故事会》搬到了临时租住的地方，等新房钥匙拿到手后，又重新搬到新房。而女儿和《故事会》的结缘，一半可能是由于遗传基因而缘于我，一半则缘于她的作文老师——一位启东的优秀青年作家张春风，也是我的一个文友，他写的故事时常会发表在《故事会》上。

记得有一次，我从信箱里收到《故事会》，回家自顾自地看起来。等到女儿发现的时候，我已经看完了大半本的内容了。她责怪我说，居然敢私藏《故事会》，并且强烈要求以后收到最新的《故事会》，必须第一时间共享。我牢牢记住了她的这句话，以后更加积极地与她共读。其实，家里订阅的文学期刊和购买的文学著作特别多，但女儿最情有独钟的一直都是《故事会》。很多次都听她说，我最喜欢的就是《故事会》了。在她的世界里，这应该是句极高的赞扬语。因为她曾写过一些童话、诗歌、散文，有幸发表在国内知名度较大的报纸杂志上，并成了我们启东市作家协会入会年龄最小的会员。可在她的心中，《故事会》是伴她成长、伴她阅读的最爱书籍。这么多年来，《故事会》正潜移默化地影响着我们三代人——在女儿的心目中，它已经无可替代；而我，也是久远热爱着《故事会》，从童年伴随到中年，它是我从文学爱好者转变成文学书写者的见证；对我那任教多年、也曾是文艺青年的母亲来说，《故事会》则是伴随她更多年的精神食粮。

这些年我离开家乡和父母，几乎都是在外工作生活，所以，原先抢读《故事会》的当事人已经换成了我和女儿。与母亲有所不同，我是订阅的。平时打开信箱收到最新一期的《故事会》，我总会有种欣喜和亲切的感觉。而且现在似乎有了一种新的习惯，就是拿到杂志先看看目录上作者的名字，有时会欣喜地从中找到自己所认识的作者。和之前相比，更多了种亲近的关联感觉。我也是个爱好文学、闲时喜欢舞文弄墨的女子，只是不会写故事，所以一直都遗憾只能做《故事会》的忠实读者。

对我们来说，阅读《故事会》，仿佛已是传承一种力量，从母亲到我，再到女儿，它在我们通往文学的世界里起着不可忽视的作用。光阴流转间，很多事情都有所改变，很多心情都不同往年，但阅读《故事会》是从未遗忘的习惯，阅读的过程中还保留着延续多年、从未改变的幸福感。

文化的回音

——读余秋雨先生《文化苦旅》随感

这些天，一直反复看着余秋雨先生写的《文化苦旅》。这过程，绝对是慢慢阅细细读的。其实我看书的速度一向是极快的，难得这么有兴致放缓心情，与文字来场散步似的相遇。不过，看这样的书，也容不得我快速阅读，因为思绪不自觉地缠绕着太多感慨，只能一字一句地品味。我的心情，跟着他的文笔在辽阔的山水以及古老的历史之间跋涉前行。

我用了很长很长的一段时光，把自己完全地交予这本书。到现在终于看完了整本，却更久远地沉浸在书中所写。那些余秋雨先生走过的地方，很多我都不曾到达过，但又就是这样一本书，会让你跟着他的步履感觉已经了解万分。山山水水间文化的变迁，蜿蜒成了历史的断章，又似乎连贯成了诗篇。一种前所未有的探索，从一个个古老的文化遗址出发，穿越了遥远的时空，然后到达我们的心里。我从来没有尝试过这样的阅读，看起来简单的文字，却藏尽了悲伤、遗憾、疼痛、期望。仿佛在写风景，实际上却是对古老中国文化深邃的思考。

我随着一篇篇文字，仿佛也到过塞北，到过西域，到过江南。而无论我是否真的去过，却找不到自己原本熟悉的感觉。这些文字，似乎剥开了时光的遮挡，明显沉重的文化缺憾横亘在心中。古老的文明，原来有太多以不值得的方式消失了。可又不是说是事出无因，每一次每一段，其实都有着不可抹去的成因。

文字中没有华丽辞藻的堆砌感，只有从思绪底端回荡出来的真实声音，然后达到共鸣。在这里，能从特别的视角见到诸多大诗人、大文豪的身影，但又不是外界已经颂扬过无数次的诗句篇章，而是根本不一样的方向边走边谈，到最后让人触摸到了他们身后那个早已远去的时代。

生态的根源起始，衍生在世人遗忘的角落里，而这里，却重新诉说这些悠远的感动。耳熟能详的民间故事，犹如白娘子与许仙一样，从杭州的美景间再次走来。只是，与往昔所闻的中国历史和中国文化大不相同。感性的文字，从理性的依据出发。看似短短的篇幅，蕴藏着无穷的思索。兴起与衰败，都有着引发必然的理所应当。

即使通篇已经翻完了，但我心中仍然想重新再读。甚至，我觉得会是很多遍。想来，这是一种心灵洗涤的过程。悠然久远的中国文化，植根在四面八方的土地里。有时被忽略，有时被歪曲，有时被传承，所有的因缘都有理由。宏伟文明的形成，是一代又一代人关于文化的沉淀。在岁月流转间，人们的足迹穿过了五湖四海，然后又回归到了心底，最终成了文化。

我也想好好出去走走。不一定说像余秋雨先生那样走得很远，因为他甚至走过了很多人类历史上的重大古文明遗址。我哪怕只是去看看祖国的大好河山，去看看国土之内深藏底蕴的地方。我很想知道，若是塞外朔北的风吹过身旁时，心里涌上来的会是何种感觉？会不会想起曾经被迫流浪天涯的人们？因莫须有的罪名流放的悲哀，是否随时光的流转而消逝远去？

因文而起的思索，想来不会停止，也必定将随漫漫人生的经历而延展。我想，我也愿意这样沿着古文明起源的方向行走。这种旅行有困苦，有疼痛，但文化的深沉因此而留存。也许哪一天，书中描述过的哪个地方，我也会到达，然后用自己的表达方式记录下来。只是那些字里行间，一定有如今见到余秋雨先生写下文字时所受的影响。

在追逐的脚步声里，我仿佛听见了文化的回音。

与建筑文字相伴

集团公司内的友人们时不时地问我，最近《南通二建》报怎么没看见你的文字了？他们都说很是想念。我心下惭愧，最近稍许忙于生活，懒于写作了。不过细细想来，这些日子依然和文字在一起，并且依然是和建筑相关的文字在一起。国家级行业期刊《建筑》和江苏省级行业期刊《江苏建筑业》之上，还是有我的文字陆续发表刊出的。

《南通二建》报对我来说，有着特殊的意义。很多的文字，都首发于此。而且有些文字，就是特意为这份报纸所写。曾经以为与建筑的缘分，只是尘漫土扬的施工现场，也确实那样亲身地经历一些过程，看着一幢幢迥异风格的高楼拔地而起，最终成型，交付离开。时光辗转，很多的场景都已改变。更多的时候，我发现自己用文字与建筑专业靠得更紧密些。如今想来，怎样的相处方式又有什么要紧的呢？因为亲历，所以记录——在时间流逝的中央，我轻轻地用文字描摹着建筑的轮廓，然后汲取着人生前行的力量——时光在前行，我也随着它的节奏浅步向前，这种如影随形的感觉，我甚是喜欢。建筑，成了我文字中、生活中不可缺少的元素。那些砖瓦砌筑的岁月，自始至终，坚固而执着。

冬天来临的时候，屋子里的暖意总是让人眷恋而心安。一些时光，就这样慢了下来。我整理着过往的文字，发现很多的字里行间都安放着与建筑有关的心情。那些在以往某一时刻记录下的情怀，在重逢的瞬间，再次让我心生感慨。慢时光，慢回忆，和建筑相伴的众多时光，都在文字里沉淀成现在的模样。

近日，因为某些原因，办公室里总有往来修补墙面和天花板的工人。每次他们都会提前跟我说明步骤，好让我对他们频繁上门的打扰做好心理准备。我也每次都耐着性子听完，心下好笑，好歹我也是科班出身，学的还就是装修专业。而且工地上待过的许多日子，就是看着房屋从无建到有，怎么会不清楚施工的细节呢？不过实在没有必要强调这些，我听着就是了。这样的复述，也挺像给我重温施工技术课。虽然他们以为我不懂，不会讲得特别清晰，但那些专业术语其实就如相见已久的故人，只要提起，就会想起。之后，进进出出之间，他们因日常施工而斑驳的工作服，在我看来亦是分外地熟悉与亲切。

这些，都是平常日子里见到的普通场景，我喜欢用文字的形式保留，以便在未来的某一天再次读到时，会清晰地回想起和建筑相关的那些记忆。之前很多相似的感觉，就是这样在有感而发后变成了文字，然后呈现于报纸杂志。在以后的日子里，想来也会继续如此，用文字与建筑继续共行。集团公司里的友人们，应该也会继续遇见我的文字，继续感觉亲近如昨。

因你而前行

这些年来，常常漂泊在启东之外的都市里。当我身处在长江的那端时，遥望着故乡，总是觉得乡情如此之好，如此让人留恋。我又常常在他乡，于网络间书写着想念家乡的文字，随情随性，但极少投稿纸媒。只是某一天，却是因为纸质媒体的缘故，为我带来了浓浓的感动。从此，也开始了对报纸杂志投稿怀有特别的热情，而这一切，都是从《启东日报》开始的。

还清晰地记得那日，忽然见文友在网上给我留言，说道："在《启东日报》上见到你的文章啦！"我略感诧异，因为那时的我基本就是混迹于网络之中的，也没有向《启东日报》投过稿。问了才知道，那篇名为《江的那端是我的故乡》，是我参加征文比赛的文字。常于网络中来来去去的我，在那瞬间，忽然就很渴望见到那份报纸，并且想象着印刷着我文字的报纸近在眼前，还散发着淡淡的墨香。

这么想着，心里便有了渴求。可人在异乡，如何才能实现这个想法呢？想罢，我便拨通了妈妈的电话，央着妈妈去哪儿找找，找到后替我收好，待我回家时便可以见到了。听得出来，妈妈同样很兴奋。

顺手地，我把QQ签名更新了下，改成了“散文刊于2010年9月28日《启东日报》”。结果没想到，不一会儿，就有好几个友人分别告诉我，单位里都订阅《启东日报》的，已经找到那期报纸，并且找到我写的文章了。闺蜜也打来电话，说那报纸她家里就有，甚至知晓我心事似的，急吼吼地说要马上快递给我。还有在启东的网友也给我留言，说终于知道我的真名了，因为以前在网上见过我的这篇文章，而正巧她在报纸上也看到了，网络和现实对应起来，说是激动了一把。总之那几日里，祝贺之声、关切之意，均络绎不绝。

爸爸也用欣喜的语调打通了我的电话，连声说找到了。爸妈家里没有订阅，这我是知道的，真没有想到，爸爸听说了之后，连忙就去了相熟的单位找。只不过已经离发表之日相隔好几天了，那家单位确实订了全年的《启东日报》，可是报纸在同事间传阅，几经易手，一时间不知道在哪个同事手上。结果，硬是翻箱倒柜似的把那期报纸找了出来。

我听着种种前因后果，一时之间，仿佛也看到了那么些亲朋好友，虽然分散在启东各处，但就是只为了我这么一篇文章，为了找到这份关于我的报纸，都努力地寻找着。我的心中，几经翻腾汹涌，感动莫名。

那篇文字题为《江的那端是我的故乡》，而如此种种，无不说明着，我在长江的这端，故乡在长江的那端，亲友们，却始终与我在一起，正如那文一样。后来，我又陆续地在《启东日报》上刊过几篇文字。但是，我总记得第一次发表的时刻，记得那是我转向纸质媒体平台的起源。因为那些温暖的感动，所以，才有了后来更多的文字，有了慢慢发表在报纸杂志上的文章，有了自己的散文集。我想，我在文字上的种种进步，肯定也有《启东日报》深深的影响，很想告诉你，在文学之路上，我曾因你而前行。

不负青春不负爱

这一年的情人节前夜，正好开始读文友黄丽娟的新书《因为爱情，我们还是年轻的模样》。顺着时光的流转，日子慢慢地拉长。那些属于自己的爱情故事，早已是遥远的过去。近些年来，每每听说哪个亲友即将步入婚姻殿堂，总会在心里浮现一种声音：年轻如此美好。

不再年轻的我，读完黄丽娟的这本新书，她笔下那一篇篇爱情故事，让我的心里跌宕起伏着久违的情怀。一个个情感真挚的主人公，无论有着怎样不同的人生背景，但都因为爱而让这世界变得生动起来。默默地爱慕也好，热烈地追求也好，无奈地放弃也好……每一种都是值得经历的爱情，充满着年轻的味道。

认真地读着，会发现自己的心情也会跟随着飘飘浮浮，一不小心就跟随着飘回到了少年的时光里。那些以为遗忘殆尽的青涩情愫，忽然就又回到了心里。爱，是多么清澈的字眼。一想起来，心便会百般柔软。纵然流年已去，容颜已老，但心依然会因爱悸动，依然青春如故。

这本新书，跟她之前出版过的三本散文集，明显有了不同。爱情的感觉，到处弥漫。这些故事，你当小说来读也可，当散文来读也行。而且，当你的情感觉得与文字内容相似相同时，将会沉醉其中。所有的文字蕴染出来的情绪，让你身临其境。你又怎会想分辨这到底是小说还是散文，那些疑惑根本就无关紧要。

也许，你珍视的爱情，就像第一章“青春的小鸟飞走了”里发生的哪个故事，有缘却无分。在年华最好的时候，曾遇见过最让你心动的恋人，却因为种种原因错过，纵然多年后再相见，已阴差阳错而不能相诉，那也无妨。有些美好、有些错误留在了曾经，现在就成了怀念起青春时嘴角可以上扬微笑的时光。或许是一碗留在记忆里的面条，或许是一杯存有过去的咖啡，都能让我们在多年之后重温时，那许多尘封的往事一点点地袭回到心里，哪怕是擦肩错过的人生缺憾，却依然在时光里美丽如昨。

每个人的爱，总是有迹可寻的。过去的经历，就会成就你现在的情感模样。懵懂的年纪里，都曾拥有过最初的爱意。有些爱，不可诉说；有些爱，不愿说出；有些爱，不曾提及。当某一天回首，发现那些逝去的岁月里，藏着最美丽的爱，会如第二章的标题一样，会发出由衷的感慨——“感谢在最美的时光遇见你”。

若爱在不得已的时候放弃，转身便是一生的告别。爱到深处，情可以放手，只为对方幸福。第三章“爱至深沉，百转千回”，就是这样一个个满怀真情的故事。也许经过失散、离别之后，兜兜转转地还能重新回到彼此的爱情世界里，但也有可能只是也许。可是，无论是怎样的结局，那些爱都真实地存在过，用尽力气去爱过的便是这世间最珍贵的！

还有些让人认真思索的故事放在了最后一章。这其中，有爱情的背叛、隐忍、疑惑、执着……而无论是哪种，都觉得应该如那章的标题“美好不改初心”，若如此，那有多好。

合上书，那些留在久远时光的爱情，仿佛已在咫尺。无论是自己的，还是别人的，都渐次苏醒过来，清晰无比。因为年轻，我们拥有纯真的爱情；因为爱情，我们复又回归当时的年轻。于是情人节那天，心里安放着书中的故事，看着街上手捧鲜花的情侣满脸洋溢爱情的甜蜜，我的心不禁也跟着沸腾起来。匆匆而去的岁月里，如此温情的日子里，愿尘世的你我，不负青春不负爱，心向阳光春暖花开！

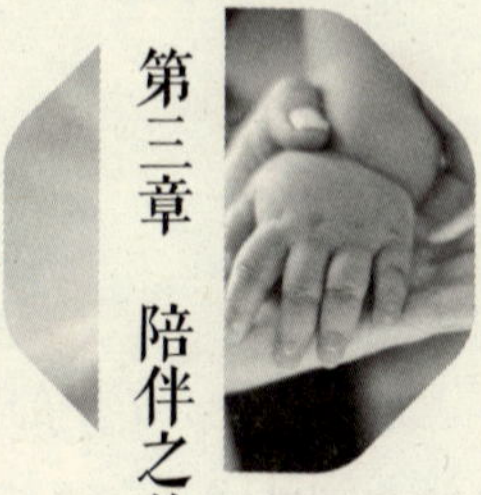

第三章 陪伴之美

你的成长，也是我的成长。你可知道？陪伴，让幸福蔓延。

爱的肯定

那天早上，7岁的女儿自己起床去卫生间里刷牙洗脸了。女儿的自理能力一向不错，从来不用我操心。可这次她在里面待了老半天也没出来，我还是忍不住起来去看看。谁知我快走到门口时，只听啪的一声，女儿急急忙忙地把门关了，还喊道：“妈妈千万别进来啊！”我有点纳闷，在外面轻轻敲门，问她在做什么。女儿在里面嚷嚷着：“等下啊，等下你就知道了。”

过了一小会儿，女儿轻轻地开了门，用欢迎的姿势对我笑着说：“妈妈，请进来吧！”我带着好奇的心情走了进去，顿时恍然大悟，只见洗脸台上摆放着整齐的牙刷和漱口杯，牙刷上挤了适量的牙膏，洗脸盆里放了足够洗脸的水，毛巾也已经好好地叠放在旁边了。刹那间，我心里一阵感动。也许女儿只是心血来潮，也许只是觉得好玩，但她的这一举动还是让我无比欣慰，我紧紧拥抱了她，并在她的脸颊上狠狠地亲了下，说：“太爱你了，亲爱的宝贝，你真棒啊！”可能没想到我的反应有那么大，女儿倒害起羞来。

随后的日子里，我渐渐地感觉出女儿的变化来，她开始变得细腻，变得体贴，经常会为我做些细致的事情：比如我在沙发上看书时，她会特意冲泡了我喜欢的奶茶放在茶几上；我下班回家后，她会很快地来帮我开门并且帮我拿好拖鞋……所有的这些举动里都充满着爱的味道，让我心情暖暖。在女儿替我做事后，我总不忘像那天早上她替我做事后那样拥抱她赞扬她。

又一日我在看书，女儿高兴地问我：“妈妈，我替你泡杯奶茶哟！”我笑着说好，并夸奖她懂事，知道照顾妈妈了。听我这么一说，女儿更开心了，她边哼着小曲边给我泡奶茶。看到女儿这么开心，我忍不住开玩笑似的问她：“替妈妈做事有这么开心吗？”“嗯，看到妈妈开心，我也很开心，何况，妈妈还老是夸我呢！”

原来，这些简单的夸奖成了她努力替我做事的动力了。仔细想来，其实在那次女儿给我摆放毛巾和放好洗脸水之前，也曾为我做过许多事情：比如，我择菜的时候，她在一旁挑挑拣拣；我洗衣服的时候，她蹲在盆边这件洗洗那件搓搓……只是当时我把它当成孩子玩耍的行为而忽略掉，没有及时给予肯定和表扬。天真的孩子需要的东西其实很简单，很多时候，只要一个爱的肯定，比如一个鼓励的眼神、一句表扬的话语、一个感动的拥抱，就能慢慢地在孩子的心里种下爱的种子，让孩子越来越愿意向他人表达自己的爱，为他人做事情。

家长的肯定会让孩子相信自己所做的事情很有意义，是孩子积极表现自己的动力。所以，对家长来说，所要做的就是做一个有心人，用欣赏的眼光看孩子，随处发现孩子值得肯定的点滴行为，并及时明确地表达认可孩子、赞扬孩子。这不仅是一种表扬，更是一种爱的肯定。

和孩子们在一起

五月的风，携着童真的心情，迎面而来。不知不觉地，便是六一儿童节了。期间，也过了暖人心肺的母亲节，还记得之前女儿问我，是不是最喜欢过母亲节？我笑言道，我最喜欢的节日，可是儿童节哟。女儿不可置信地嘲笑了我一番。不过话说回来，我的回答处在半真半假之间，并非全是玩笑的言语。对于我这样的年龄，过个儿童节，可不是件让人奢而无望的憧憬吗？年岁渐长，却势必越来越渴望记忆中最纯真的年代。有美好的想象，始终也是种怀有希望的心情。何况，如今的我，如我一样的同龄人，都在陪着自己孩子长大的过程中，一起感受成年人永不再来的童年，这算是生活中的另外一种乐趣了。

某周末，女儿的班级里发了科技展的票，事实上属于僧多粥少，总共只有四张票。女儿对这种事一向积极，就如她所说，幸运地“抢”到了其中的一张。目的地不算近，要转两次地铁。在去之前，孩子们就嘀咕道，有家长同行，难免不自由。殊不料，到最后，他们的家长或未陪，或中途走开了，只有我自始至终地陪着他们一起，而我最后还摇身一变，成了他们口中的“大姐”。再后来，其中一个孩子有事，让家长先接回去了，剩下的另两个孩子很放心地把自己交给了我，又对着女儿不住地羡慕，都说想把我换成他们的亲妈就好了。我不禁美滋滋的，看来对孩子的吸引力是不言而喻啊，他们这样的想法应该是对我的最高认可吧。

孩子们都很客气，并不好意思让我花钱请客，但我笑言，跟“大姐”同行，总是该“大姐”来吧。他们有商有量，也很有经济头脑，弄到了优惠券，还想着够吃就成，礼貌有加。对于这些，我很是欣赏。路过热闹的繁华街道，正准备过马路时，红灯暂停了我们的脚步，结果乞讨者也随之而来。孩子们纷纷翻自己的零钱包。自审我心，现在的我已经过了愿意每次施舍的年龄，不是吝啬，而是因为害怕被欺骗，怕那些乞讨者只是把这样的行为当成了职业。可是看见孩子们慷慨解囊时，我并未阻止，同样热情地翻出零钱，投进了乞讨者手中盛放钱币的碗里。那一刻，我在想，保留住孩子们最纯真的善良，是件多好的事情。

我也想起了，某一雨日与女儿去超市购物。准备回家的时候，我正专心地在车库里找我的电瓶车，蓦地转身，却看见女儿把空购物车推回远远的地方，那儿正有专职整理购物车的工作人员。那人瞧着女儿微笑并表示感谢，女儿也情不自禁地笑着。等女儿走回我身边时，我表扬了她举手之劳的美德，这也是尊重他人的表现。我一直相信，很多品质，完全可以从这些细节上体现。

和他们这些孩子一起走在街上，我丝毫不觉得有代沟。虽然是初次与他们一起玩，但我感觉到了他们把我当成朋友的态度。后来，据女儿说，他们老念叨着什么时候再约我一起去玩，顺便回请我吃东西。那天，我的心情也特别好，或许，与年少纯真的人在一起，会让自己倍感其纯。

真正到了“六一”那天，女儿同学本说约我吃饭的，却因为彼此的时间不凑巧而取消了。学校依然有义卖活动，女儿买回来好几样喜欢的小玩意，瞧着她眉宇间喜不自胜的笑意洋溢开来，我不禁感慨道，孩子的快乐总是那么简单，真好。

从女儿上幼儿园起，每逢母亲节的时候，她都会提前很久送我礼物。我自己暗想，我似乎没有习惯在儿童节给她礼物，原本说画一幅画送她，却因忙碌的种种理由没能实现。或许也是太久没有画画的心境了，举手而来的事情，一拖再拖。

本来这个时间，该是暑假培训报名的旺季了。虽然，我一向不主张孩子去上学习类的培训班，却苦于明年该小升初了，心里逐渐犹豫，眼看着别的孩子都在不断地往返于各种培训班，我们或许应该报个一两样吧。在心里，把目标锁定为英语和奥数。她的年级渐增，我并没有抓得更紧。她的副科一直很不错，主科却不是太理想。数学往往粗心大意地就考差了些，而且她当初在老师的推荐下去学习计算机编程，现在做的题目很多是与奥数有关，渐渐地会发现，我一直拒绝她学习奥数的观点，似乎有点不正确。原先占优势的英语，因为懒于背单词，成绩有明显的退步。我把心中的打算与女儿先商量了下，我们一向如此，家长从不自作主张。女儿老大不高兴地提出让我继续给她轻松的假期。我一度纠结，是，我们以前的暑假一直如此，报的培训班跟主科搭不上边，全是她喜欢的声乐之类的课，下课之后不用做功课，自然轻松有趣，但现在这情形，难道真能不补课吗？结果，女儿给我写了张邀请函，上面写道“本人婷婷，邀请全宇宙著名作家、思想家、教育家、月柳学派创始人月柳随波小姐做我的全能老师”，还署了名和日期，配了小小的插图，我不禁乐翻。也罢，我就再送她轻松自我的暑假又何妨，我的教育理念本来就是希望我的孩子快乐自由地成长。

女儿后来和我说起她的宏伟计划，她要在暑假里学做芭比娃娃可以穿的衣服。我说，可以，那就自己玩玩爱好吧。我虽然不会这些，但我替她网购了些漂亮的小尺寸布，还有亮片等装饰。我的条件就是，不管做成什么样，只要不扔在一边白白浪费就好。我甚至很期待她的成品能够有一天问世。最近她念叨她的理想，要么是服装设计师，或者是建筑设计师。我觉得，有理想就很好！

这些文字，是后来补记的，不为别的，只是觉得自己和孩子们在一起，心也年轻起来，充满活力。一些普通的日常生活场景，因为他们的纯真、简单、善良而让生活充满了生动的气息。

合唱之韵：春暖花开

气温，随着连续的晴好天气，一点点地向上攀爬。街道旁，原本单调的绿色里，渐渐地多了些明媚花开的缤纷。那些花儿，有些熟悉，有些陌生。能深刻感受到的共同点，就是它们重新绽放的娇艳花颜，在春色悄然而浓的时候，安静地点缀了我的视线，同时也点缀了我的心情。

那天，也是带着如此春日风情的天气。依旧送女儿去上少年宫的合唱课，从地铁站出来，沿途也是花开不断。那些阳光，仿佛带着花香，能一直照到心的最深处，甚至感觉每个角落，都是亮堂堂的。

这条路，几乎每周都会重复，只不过，这应该是最后一次走着去那儿上少年宫合唱课。杨浦区少年宫重建已久，那时女儿刚上小学，如今都已经初中了。直到现在，少年宫才真正地可以搬回来，搬到原来的地点。对于我来说，盼了很久，因为少年宫的真实位置其实如此之近，每天在办公室里就能望见。甚至可以说，我看着它慢慢地重建成如今的模样。而事实上，从女儿上合唱班开始，少年宫都是在外面借的教室上课，中间搬迁过好几次，每一次上课的地方都很远。

这么多年里，女儿在外培训的课程里，去上合唱课应该说是最辛苦的。天气冷暖适宜时还好，可总也有风雨交替的时候。而且每个地方都离家很远，我送她去上课之后，也不大可能再回家。所以，每一次上课，都意味着她在教室里，我在教室外等着。最初在扬州路上课的时候，常常是直接站一个半小时。不过那时，也能最近距离地听着他们上课的合音。那些清澈的童声合唱，常常让我心情纯净，也曾把这样的心情写入了我的文字里。有时会去国和路的少年宫分部集训，印象中往往是炎热的夏天，孩子们上课是有空调的，而家长总归是在外面等着的。那儿的教室外面倒是有足够的椅子可坐，不过椅子处在半室外的，所以家长们基本就坐在热乎乎的空气里。后来，到了上海音乐学院实验学校，家长们能在冬暖夏凉的多功能大厅里等待了。只不过集训恰逢非双休日时，或者刚巧学校本身有会议时，多功能大厅也就不能对家长们开放了。我们就只好在室外徘徊等待。不过相比而言，这时的待遇是最舒适的。

今年，应该是女儿学合唱以来的第四年了，除开教学班的课，升入少年宫合唱团也两三年了。其实，很多人都会建议，上了初中，是不是该取消这些爱好性的课程了，总不见得以后考音乐学院。但我想，有关她自身爱好的培养，我希望尽可能地保留得更久些。至少，到目前为止，我还是这样坚持着，升入初中为止，基本没有去上主课的额外培训。

上合唱课，路上来回得花两个小时。以前上一个半小时的课时，路上所花的时间会比上课的时间更久。如今三个小时了，加上来回，差不多要五个小时。但我总觉得这些心甘情愿的付出，最重要的原因就是女儿喜欢。

最初她经学校推荐去少年宫合唱团面试时，我也建议过，上课太远不方便，是不是不要去呢？但看着女儿期待的目光，我还是尊重了她的选择。这一上就是好几年。细数这些日子，确实也因为一些现实原因曾希望她放弃，但是坚持再坚持，就这么坚持下来了。一直以来，并不觉得唱歌是她的强项。记得刚上合唱课的时候，有次考级前，老师说她音没唱准。见到她出教室的时候，委屈得眼泪都出来了。但也是那次，我印象深刻，她后来回家就苦练那首歌，坚持每天都练。等到再去上课，老师夸奖了她。她也知道音乐之路，除了天赋之外，其实刻苦更为重要。那会儿，是卫君老师教她的，我也听过几次他们的练习课，女儿她确实不属于太有声乐天赋的孩子，音色不亮。但卫老师一直对她称赞有加，说她努力向上。我也觉得足够安慰，自己小时候同样喜欢唱歌，却没有这样的机会。如今，她有自己的喜欢，还有成长的环境。学校也好，少年宫也好，她都是合唱团成员。她不会是多优秀的那个，但她会是非常喜欢音乐的孩子之一。

有时候孩子，会比我们想象的要厉害。就如她以前考乐器十级的时候，需要考高级乐理，我也跟着她听了课。她一直学民乐的，对五线谱乐理知识确实极少接触，但交卷的时候，我看到了当时是小学生的她丝毫未输给那些中学生。我也很高兴，在学习乐器的时候，她挑了比较简单的种类，考级也是尊重了她自己的选择，但从来没有为了考级而学习，就算从不愿意练习，但能保持着对乐器的喜欢，我就觉得很好。维持孩子对某一样爱好的兴趣，真的需要很多的耐心与足够的支持。

对我来说，对音乐专业知识有些陌生，就算以前在学校里学到过些许概念，在漫漫的成长过程里，早就与之远离。所以，合唱也好，乐器也好，我负责的范围仅限于接送她。有时，我也会考虑，她能坚持学到什么时候。尤其是进入初中之后，学业渐紧。但最近两年，看到少年宫的汇报演出时，就会觉得她和我曾经的坚持是可以继续的，现场的气氛让人感动，让人欢喜。合唱的魅力，在孩子们歌唱的默契配合之间，顿显无疑。声音表达出来的，会是让人心动不已的纯粹。

对合唱的态度，一向就是认为让孩子放松享受的过程，所以，不见她练习唱歌，也认为理所当然。而且，她一直是临时抱佛脚的孩子，所以也一直让我误以为没有作业。直到最近，见现在教他们的徐忠莹老师创建了微信家长群之后，才知道，原来合唱也是需要如此练习的。孩子都是有惰性的，家长也是。再回过去仔细想想，以前她上课之前，偶尔会慌忙练习的，说是老师会检查回课。但总没有太在意。

当春天的花儿，重新开始一季的绽放时，徐老师带给我的感受也是同样的春暖花开。感动的，是她一丝不苟地安排作业，也是她热情有加地练习互动。仔细想想，各个层次的合唱班共有好几个班级，孩子加起来恐怕应该有几百个吧。虽然不至于每个孩子都会做合唱作业，但回课的孩子不在少数。而每个孩子每段作业，她都会评点打分。我其实一直不太用微信，但因为这样的互动，喜欢上了微信的交流感觉，如今微信的存在，对我来说，就是女儿与徐老师交流的平台。每每看着女儿认真地练唱，我感觉是安慰的，而徐老师都会很及时地回复她的意见，那样的相处好温暖。很幸运，女儿一直能遇见敬业的老师。这次，让美好的音乐旋律用这样的方式流入她的生活里，带着感恩的心情，带着喜欢的心情。说起来容易，做起来真难，一周复一周，那么多孩子的回课，从徐老师录制示范音频起，想想就会明白，那些过程占据着她太多太多的休息时间，但我想，这份温暖能够传递得更远，这群孩子都会因这样的方式而改变对音乐的态度，认真再认真些，努力再努力些！

街道两侧的花，争先恐后地妖娆着，细细碎碎的花竞相怒放，有些粉粉的，有些艳艳的，无论是什么样的花朵，都无一例外地告诉我们，春天真的近在咫尺了，就如合唱的旋律在耳畔响起时，就如老师的态度在心里浮现时。

从不知道什么时候女儿可以再上升一级，可以升入区级合唱团，也许会也许不会，但是，我看到她的努力，看到她的方向，看到她的进取，这个过程远比结果更重要。这些年里，少年宫及学校的合唱团老师们带着她，向着音乐的方向走着，这感觉多好。而对她来说，对于自己喜欢的爱好，也需要付出更多的汗水，才有可能达到自己想要的高度。在这个春天，我聆听见她的歌声，也仿佛能望得见她的未来！

合唱之魅：情深意切

原本，杨浦区少年宫学生艺术社团的汇报演出，一学年能见到一回。这次，刚刚一个学期结束就见到了。当然，这一次与以往我所能见到的感觉不同，因为终于是在少年宫历经四年才建成的新建筑之内，属于它自有的新舞台之上。

女儿，在少年宫里学习合唱，应该好几个年头了。纵然一级一级地升上去，但她目前所在的合唱团，某种意义上来说，不算最好的，应该屈居第二吧。最好的那个团，他们习惯称为大团，演唱水平更高些，年龄相对也大些；他们那个是小团，演唱水平相对欠缺些，年龄也相对偏小些。但是，从别的角度来看，处于什么样的位置并不重要。无论哪个层次的孩子，他们喜欢合唱的心情是一样的。不知道什么时候开始，她渴望哪天能进入大团的愿望，也已经转变成享受合唱过程的淡然心态。我以为，这样很好。哪天若能进大团，会是对她自身的认可。但若不能机缘巧合地进入，则安于享受温暖前行的音乐之路，真的也相当不错。凡事，更重要的是自己的心态。

这一切，也缘于她爱上了目前小团里的老师——徐忠莹老师。其实，徐老师开始教他们时，应该基本接近封闭式的排练了，我们家长似乎不会与老师面对面相见。所以，徐老师在真实世界里给我的印象，依然停留在远远的舞台上，更多的是她指挥时的背影。不过，对她的印象并不淡泊，相反很深刻。因为她创建了家长微信群后，孩子们开始在微信上回课，每周循环。她会逐一聆听，详细地点评，有唱出错误乐句的音频，有文字描述的指导，更多的是肯定式的鼓励。每次的作业，她都会用表格的形式，指出每个歌曲或视唱作业的优缺点。所以，期待拿到每次作业的全A，慢慢也变成了很多孩子的愿望，或者说是努力的方向。

其实，我也应该是很早就涉及网络的人，也算是在网络里晃荡很多年的人，但是，不知道为什么，我以前一直不喜欢用微信，总觉得QQ更顺手。不过，因为徐老师建家长微信群的缘故，我也开始使用微信，而且总觉得微信给我的感觉里，有一种温暖的力量在蔓延。

我知道，徐老师是音乐专业的硕士研究生，听听就很优秀，但我也一向并不以学历高低来评价老师。我想，与女儿一样，喜欢上徐老师的原因，更重要的是她对待孩子的心，以及对待合唱教育的热情。一个人，只有真正热爱了，才会有如此真实的情意对待工作，并教育着孩子们。那时，工作并不是等同于柴米油盐，而是享受生活情趣的过程。爱的传递，一向是扩散式的。用爱播下的种子，总会发芽生长的。我想，我能看见徐老师努力的方向，也能看到她传递出的能量。

昨天，2014年春季学期的汇报演出。弦乐团、合唱团、戏剧团、舞蹈团的演出都很精彩，令人过目难忘。不过，我们合唱团的家长，难免会把目光停留在自己的孩子身上更久些。当看见女儿他们走上舞台，当灯光在他们的上方亮起，当他们清澈的声音在耳畔响起时，那些微妙的瞬间都打动了我的心，甚至还有些想流泪的感觉。第一首曲目是《蜗牛》，之前听过周杰伦唱的版本，很难想象孩子们合唱出来的感觉会是如何，本来并不是太期待。但是，在听女儿唱过很多次单人版《蜗牛》清唱之后，蓦地，又在舞台的位置传来如此动人的童声合音，直接被拨动了心底最深处的那根弦，应该是难以言语的心动不已。我想，这就是合唱的魅力吧！

在那瞬间，望着舞台上的她，我的心里也会浮现很多之前接送她上课的场景，有酷暑难耐，有大雨滂沱，有寒风刺骨，还有很多次无处可坐时的四处晃悠。而且还有之前，上午是别的课，下午赶去上合唱课，中午的一个多小时也仅仅是理论上的时间，路上还得扣除一大半的时间，有时只来得及买点蛋糕之类的充充饥。可是，那一刻，听到如此美妙的声音响起时，一切的付出都变得有意义了。我想起更多的是，曾站在合唱教室的窗外，聆听着他们动听的合音，手捧小说倚墙而看；还有送她或接她时，路过的那条小路上，花开沿途，我们手牵着手走过无数遍。那些美好，也无一例外地涌上心头。

合唱，教会了孩子们合作的意义，也教会了他们坚持的重要。当他们唱着歌曲，随旋律在舞台上展现时，他们会明白彼此默契的力量远远大于他们的想象。这些收获，对他们的未来，也是颇有意义。

那些曲目，也许因为都是这学期他们所学的，平时常听女儿回课，所以，用完整的舞台表现方式呈现时，视觉、听觉效果都相当令人赞叹。小组唱的孩子们服装、头饰等，与歌曲相配，形式活泼，很好的音乐表达。每一首歌曲的背景，都与歌的意境相切合，看得出来，细节处是经过考虑周详的。尽管这只是少年宫的舞台，但有些节目的质量本身远远超出了少年宫的范畴，很精致，很享受。

演出结束之后，微信家长群也格外热闹。这样的演出确实是种震撼，因为自己的孩子站在舞台最闪亮的地方。也许他们并不突出，并不特别优秀，可他们一定是独一无二的孩子，是我们期待变得更好的孩子。我想，我们都愿意用我们的爱，来陪伴他们一起成长。无论这过程是否漫长，但是因为有爱，因为有爱着他们的我们相伴，一切都会朝着更美的方向而行！

合唱，我所喜欢的方式，从前是，以后更是。它的魅力里，有一种情感叫作情深意长，不仅仅是孩子对待合唱的态度，还有老师对待孩子的态度。愿，我们共同感受合唱之间的美好！这一切，应该都会如新落成的少年宫一样，慢慢完善，慢慢璀璨！

合唱之律：坚持不懈

昨天，似乎下了一夜的雨。入睡前，听见雨声不停；醒来时，依然有雨落的声音。晴好了多日，很久没有邂逅这般缠绵的雨了。

清晨，打开手机的时候，第一时间见到了少年宫合唱团本周的回课作业成绩表。徐老师发出的时间，是凌晨一点半。瞬间，与窗外雨意一样柔情的，是看见这个信息提示时的感动。

女儿也说，徐老师实在太敬业了。顺势地，我又和她聊了些合唱的习惯问题。昨晚周四九点整，是最晚的回课时间。但直到十点多的时候，应该还有孩子没睡觉，在继续回课。我们昨晚就剩下一个和声练习没有回，大约在七点半的时候练习了下，然后回课的。这算是结束比较早的一周。我觉得，这个回课节点完全可以提前些。尽管对于初中生来说，尤其是做作业比较磨蹭的女儿来说，每晚学校的功课结束时间都不会太早。合唱团回课的作业，也不可能马上就完成的。一般来说，一周有视唱练习、和声练习，还有一至两首歌曲的单声部、双声部演唱等，同一首歌曲在每周的作业要求都是不同的。唱准每个音符，在听觉范围内悦耳动听，并且完全达到作业标准，确实需要花时间练习。

以前，并没有这样的回课要求，所以，每周只是到时间去少年宫上课。从来没有意识要复习或练习，包括孩子，包括我。不过，从老师鼓励回课的那时候起，女儿也很积极地回应着，进步是显而易见的。保持练习习惯之后，音比以前准了，回课的速度明显提升。她学民乐的，所以，对于五线谱相对感觉生疏，尤其是学的内容难度增大之后，看谱的速度就很有问题，她自己也感觉到了。她便主动寻找方法去克服，现在，识谱能力显然提高了。

对于声乐，我并不懂，只是听过之后，用最直观的方式评价好听或不好听。唯一可以做的，是友情提醒她及时回课。对于这些作业，我知道她完成的速度会拖拉，倒不至于不去做。前两周，某次的和声练习，她分辨不清声部，一时没能唱出来，郁闷至极。本周的回课，我就还真有些担心她没法完成，尤其上那堂课的时候，她去参加别的比赛了。但她在唱之前，就信心十足地跟我说，别小看她。结果也是如此，视唱、和声练习，她全部在看到新谱时很迅速地完成了。虽然每周的作业，她从没有拿过全A，但我总能看见她在进步，这就很好。每个孩子的天赋都是不一样的，她可以不是合唱团里最优秀的孩子，但我需要她做个超越自己的孩子。哪怕，每次向前走的步子是微小的，但总体的方向是在前行，就能让我满意了。

慢慢地，她从我催促她回课的状态，变成主动积极。这是习惯的养成，不仅对于合唱，我想对于别的方面应该也会有所关联。孩子，往往是被动地去完成些事情，就算我们小时候也会这样。可做可不做的事情，一般会选择不做。不做的事情，不代表不喜欢，只是潜伏在心底深处的懒惰无法摒弃罢了。而合唱回课最初，就是老师要求的缘故才让她想到去完成，但到现在，已经变成了她生活的一部分，已经变成了她习惯的一部分。很好的方式，愿在歌唱中继续保持。

如此坚持不懈，我觉得不仅仅是孩子们对自己爱好的坚持，还应该是对老师无私奉献精神的尊重。这么长时间来，徐老师不仅仅每次都录好回课音频，还天天等待着孩子们回课。她好几次去听音乐会，把手机调成静音，结束之后一看会吓了一大跳，微信上的提示都是几百条信息。每条听完之后，或语音或文字，徐老师都配有评点，包括之后还要全部汇总到作业成绩表中。这样花费业余时间的工作量，毫无悬念地，是无比巨大的。不只是时间，还有精力。听完，再汇总完，截止时间的那个晚上，等徐老师发出成绩表，时间点定格在凌晨，就不足为奇了。除了这些，徐老师还常常分享动听的乐曲，制作浅显易懂的微课堂，传递了很多的教育理念……

总觉得，有多幸运，遇到了如此好的老师。合唱，是一个团队合作的方式，不一定要求每一个孩子都那么出类拔萃，但要求每一个孩子都达到应该具有的水平。至少不能因为自己歌唱上的瑕疵而影响整个合唱效果。合唱中形成的习惯，相信将影响着合唱之外的世界。现在，孩子们慢慢地具有责任感，不断地练习，不断地提高，是为了自己而努力，也是为了整个团队而努力。在长大以后，他们一定会更深刻地理解这个过程对他们人生的意义。

最初听得见的不紧不慢的雨声，到此时，已经完全消失了。我还能偶尔感觉到窗外有阳光闪现。这个学期末，还有汇报演出。我似乎已经可以聆听见那时的歌声，一定很动听，很动听。

合唱之赛：百花齐放

早就知道2014年12月12日，是杨浦区第28届学生艺术节合唱专场比赛。这个比赛，是由区内各个学校合唱团为参赛体，分小学组和中学组两个类别。因为女儿从小学起，每年都会随自己学校的合唱团而参赛，所以，我也耳闻了好几年。但之前，从来都是听她叙述些片段，叙述些她眼里的场景。

这次，本也以为如此。那是个可以说近也可以说远的比赛。而没想到，在临近比赛的时候，在女儿参加的杨浦区少年宫合唱团的微信群里，看到了老师体贴的询问，说是如果家长有空的话，可以到现场去观摩比赛。对我来说，很惊喜。少年宫的空间距离，离我的单位，只有几步之遥。那个时间段，也是合适的。我便很欢喜地在约定的时间，带着老师邀请的短信，抵达了那场难得亲见的合唱比赛。

在比赛前两三周内，女儿学校的合唱团开始加排，一般都放在早读课之前，所以，比平时最起码提前半个小时到校。那会儿，天气已经开始变冷了，但孩子们似乎对排练过程很喜欢，没有什么耽搁拖延的问题。时不时地听见女儿提及些细节，知道他们的进度是极快的，也知道比赛时间是越来越近了。只是那些只字片言的描述，终归无法在脑海中拼凑成整体印象，对他们演出的服装效果和曲风的整体效果都充满了好奇。

而这一切，在这次就不用我再多揣测，因为从观摩比赛起，就可以全部迅速地铺及眼前。他们学校是第三个出场的。《狮子王》的歌曲，是我之前知道的。这是首带有非洲原始音乐元素的曲目，现场效果的确值得赞扬。可以客观地说，从第一个合唱队表演开始，直到最后一个表演结束，我都认为女儿学校合唱团的表现是可圈可点的。我周围坐着等待比赛的学生们，他们的反应也是最直观的，看到精彩的地方，会忍不住轻声交流。从女儿他们学校合唱团出场起，我就时不时地听到他们发出的赞许声。

纵观整个比赛，融入非洲原始音乐元素的几个合唱曲目，在服装的特色表达上，或在舞台氛围的渲染上，都有着不俗的视觉和合音效果。在这些曲目中，鼓也是种加强表达的重要道具。这些，都是曲风诠释的过程中所能看到的相似点，但每个指导老师都有自己处理音乐的方法，以及音乐本身有快缓之分，每一首歌所表达的意思也不同，每一个合唱团的音质也不同，因此，最终展现开来的曲子，有着属于自己的独特味道。

我观摩的是中学组的，上半场加下半场，共有 32 个学校合唱团参赛，包括初中部和高中部。年龄不同，表达歌曲的方式的确也不同。好几个高中部的合唱团，表演的形式非常完整。就如前阵子我在电视里见到的全国大学生合唱比赛一样精彩，甚至也可以说，这次看到的好几个中学组合唱曲目，与那相比，不算逊色。

不过，感觉最喜欢的，是上海市控江中学的 *We Are Young*。这是首获过格莱美年度奖的曲子。所有的参赛队伍中，觉得他们的衣服选择是最贴近现实生活的，贴近高中生的年龄身份。五颜六色的T恤，色彩飞扬却不凌乱。出场的时候，有情景剧的表达元素出现，很多生活场景的描述：有很自然地拿着手机的，有相互交谈的画面……一切都很符合这首歌励志青春的味道。而合唱本身，也是无可挑剔的。也许是高中生的缘故，演唱起来更是收放自如，很让人享受，同时又很充满激情。就像歌词里唱的那样：We are young. So let's set the world on fire. We can burn brighter than the sun……（花样年华的我们将点燃世界。我们可以大放异彩，让骄阳失色……）我想，不管怎样，那一刻，他们在歌声里就已经做到了。后来，专家点评的时候，也特意提到了他们，提到了这首歌。我同样喜欢他们对于那首歌的表达。

专场比赛，真的是可以区别出每个学校的准备是否充分。服装，是最初印象。有些学校穿的是校服，这也无可厚非，想来每个学校对于课程项目的拨款经费都是不一样的。但我的感觉，除非是实力超强，声音绝对震撼，要不，就仅仅是走过场罢了。而穿演出服的学校，有些也存在着细节上的疏忽。不知道哪个学校的小男生，穿着演出服就如同整个人被灌在里面，而且站在第一排中间，让我的视线不由自主地在他身上停留了很久。又有某个学校，在做收场动作的时候，大红色的内衣在腰部处露出了一大截，并且站在第一排，演出服又是浅色的，我在台下看得很清楚。这些都是细节，跟合唱本身的质量无关，但是，却很容易分散台下观众的注意力。

歌曲的选择上，最忌讳撞曲。这次有两个学校，不幸地选择了同一首歌。第二个合唱团出来比赛时，台下那帮孩子一片哗然。而有些学校选择了大家都特别熟悉的曲目，其实是蛮难演绎精彩的。有些呢，本身是很好的外国歌曲，但是填入中文版歌词或者改成中文版歌词之后，就没有原曲那种效果了。有些呢，如专家所说，歌曲确实足以动听，但合唱的难度过高，孩子们这个年龄还驾驭不了。所以，感觉合唱团老师的选曲很有学问。

有几个学校的合唱中，加入了独唱的成分。但总感觉，加入的独唱，如果达不到特别棒的效果，还不如不加。独唱的音不准，或者音色不亮，都不是什么好的表现。还有个合唱团，独唱唱得也挺好，但她唱完后站话筒前，遇到合音部分时，时不时地从话筒中传出她唱的部分，这样反而能间歇地跳出几个她唱出来的音，到底打破了整体的和谐音感。

至于比赛的大部分曲子，我都听过。有些是女儿在少年宫合唱团学的，有些是她在学校合唱团比赛过的，有些是少年宫合唱团老师分享过的聆听曲目。所以，许多曲子，在孩子们没有唱准的地方，我都有种欲达而欠之的感觉。猜想，我都如此，在专家评委的耳朵前，那些问题一定是一览无余。以前，我更倾向唱歌是需要天赋的，但现在，我越来越觉得，唱歌是需要正确的指导方法，并要勤加练习的。唱不准的地方，则是练习得不够，还不够熟练。只有真正热爱唱歌，只有正确地演唱歌曲，才可能到达歌声足以美妙的程度。

至关重要的一点，演唱得自如的合唱团，多半是表演自在的，表情愉悦的。好的合唱团，一定是整体声音清澈动听，团员们呢神情自若，在关键的几个地方，有画龙点睛的动作表达。加入的动作，也不见得多，毕竟还是以合唱为主的，动作太多，势必也影响合唱的音质，尤其是这些不可能歌唱到声音完全稳定的孩子们。有些合唱团的整体性就相当好，感觉流畅、舒适。有些合唱团在做动作时，孩子们略微不协调或者幅度不统一，台下就看得清清楚楚。

不过，总体来说，整个比赛让人赞叹。演唱水平，或者说整体的表演水平，在他们这样的年龄，都已经相当厉害了。有好几个合唱团，我都可以用惊艳、震撼、心动、精彩之类的形容词来表达。从昨天看完演出，直到现在落笔写文，很多的声音、很多的场景仿佛仍萦绕在耳畔，久久不能忘怀。那场比赛中，听到无伴奏合唱，即仅有人声演唱而不用乐器伴奏的多声部音乐表演方式。还有一大部分选用伴奏的学校，是直接由学生来担任钢琴伴奏的。怪不得女儿说，他们学校合唱团里随便拉个出来，都是会弹钢琴的。学过钢琴的孩子，对于唱歌的音准、节奏等，一定有着更好的把握。

比赛的最终名次，在隔了一段时间之后公布，女儿学校合唱团、上海市控江中学合唱团等几个现场表现突出的团队，不出意料地获得了杨浦区中学组一等奖。不过这些也没什么关系，当我听完这场比赛的时候，以及当时所有现场听完比赛的人们来说，心中已经有了属于自己的答案。随记忆留下来的那些精彩，与比赛的名次并没有太多的关系。别的合唱队的优秀与不足，都将成为未来自己合唱队前进的力量。只有这样，才是比赛真正的意义。

很喜欢这样的邂逅，很喜欢这样的过程，于是，用一些随想的文字，用一些余存的感觉，来记录下这场合唱比赛，来为这些孩子喝彩。我看到了合唱的世界里百花齐放的盛景！

合唱之游：一路欢笑

早就听说，杨浦区少年宫艺术团队的社会实践活动日，将定于 2015 年 1 月 10 日。后来，因某些原因差点取消，但最终还是得以顺利成行。

对于这个日子，孩子们盼望了好些天。这应该是他们第一次参加由少年宫组织的外出实践活动。行程很满，从早晨八点开始，直至下午四点结束。从安全角度来考虑，临时增加了家长委员会的家长们相伴同行。此次参加活动的团队，包括合唱团、戏剧团、歌舞团等。而我作为合唱团小团的两个家委会代表之一，有幸和孩子们一起出行，感受了这一路的欢声笑语。

那天，虽有雾霾，但阳光甚好。女儿挽着我的胳膊走进少年宫大楼时，便听她跟徐老师打招呼。我顺着声音的方向看去，很近地见到了徐老师，这应该也是我第一次真正与徐老师面对面相见。那些微信、飞信里的互动，或者是汇报演出时远远地看见，和现实里感觉总归有些不同，但可以肯定的是，一点都没有陌生感。迎面而见时，看见徐老师的笑脸，眼睛明亮，笑容明媚，很有亲近感；听她说话的声音，也是很有韵律感的动听。我们用了不同的方式上楼，所以，我忍不住跟女儿说道，我知道为什么你们这些孩子都这么喜欢徐老师了。见面的瞬间，更确定了我以往的感觉。

八点以前，孩子们都已经到达集合的教室了。据说在规定时间前全部到齐的情形，这可是第一次。可想而知，这次活动具有多大的魅力。在等待通知下楼的那段时间，孩子们都雀跃欢喜，甚至有些急不可耐。徐老师把孩子们分成三个小组，并把相应的名单交给我们两个家长以及各组的小组长们。这次参加活动的，共有三十来个孩子，所以每组十来人，不仅有组长、副组长，还有家长或老师分别负责。

终于等到可以出发了，孩子们很有秩序地下楼、上车。总共有六辆大巴，我们合唱团小团的孩子，全部坐在一号车上。车上共有两名导游，很是认真负责，除了行程介绍之外，还普及了安全防护知识、介绍了上海著名景点等。

路程并不长，在闲谈笑语之间显得更短，很快就到了第一站——原世博会期间的意大利馆，位于世博园区。因为进馆时要求两人同进，所以，原来的三个小组全部混在一起，变成了两列纵队。徐老师在队伍前带领着孩子，我们两个家长志愿者就干脆待在队伍的末端。后来发现这样挺好，整个行程里都没有孩子会走散。

沿着展览厅走，见到的都是意大利在艺术、手工业、设计等方面的经典展示。至于孩子们，似乎对法拉力赛车展区和大厅内墙悬挂的乐队展示最为感兴趣，见到的瞬间都伴有惊呼声，而且在那两个地方时，大多数的孩子都挪不动脚步了。带着手机或相机的他们停在那儿，各个角度地拍照留影，还有孩子拍了视频。等到大批孩子往前行进了，少数几个仍然恋恋不舍地待在原地。

不过我们两个家长始终在队伍的最后面，而且每到一个新的参观点都会点名一次，自然一个孩子都不会掉队的。

一楼参观完毕之后，在自动扶梯前重新排好队，有秩序地上楼。孩子们也很自觉，纷纷把手机、相机放好，把安全放在了第一位。上楼的过程里，没有孩子在拍照。有些孩子背着背包，不是太方便把手机塞回包中，旁边一定会有同伴协助，很小心地帮忙放好后，再把背包拉链拉好。孩子们都很友爱，整个行程里，都充满着互帮互助的温暖。他们三五成群，交谈着，说笑着，气氛愉悦。在异国文化的学习中，到处都洋溢着孩子们快乐的心情。

意大利馆出来，便是孩子们最期待的冰雪梦幻乐园，同在上海意大利中心内，几步之遥。之前，微信群里就有家长和老师说过些注意事项，知道里面很冷，大家都提前准备好了围巾和手套。在进入之前，便都用防御寒冷的衣物把自己裹严实了。孩子们也都互相帮助着，或请求老师、家长的帮忙，把帽子、手套、围巾都戴好了。沿着来回几次的围栏向前走着，终于来到了冰雪的世界，也在那个时候，我得以站在孩子们的前方，拍到了一些行进中的孩子们。

冰雪梦幻乐园，是为期 3 个月的主题游乐园冬季巡回专场。看介绍，应该是华东、华南地区目前最大面积的冰雪主题乐园，并且是移动式的。若是单讲多好玩，倒也不见得，但是这么一大帮孩子在一起，就肯定是非常有意思的过程了。进入的时候，立刻会感觉到迎面而来的冷意，完全走进了一片冰天雪地。以一段迷宫式的道路开始，经过的两侧都是厚厚的冰墙。这时走着，已经瞧不见前面的孩子了，只能听得见他们在前面喊着，哇，这不是迷宫吗？再往里走，景致开阔，冰塔、雪树随处可见，灯光绚丽多彩，红、蓝、黄等多种颜色的光在白冰的表面折射，仿佛身处于一座冰的宫殿。

我们是在刚营业的时候进去的，所以直接玩冰上滑梯时没有等待。那些工作人员，却已经在换班了，他们哪怕穿着厚重的工作服，但也能明显感觉到冷意的存在。据说他们是四十分钟换次班，正在换班出去的工作人员应该是提前进来为营业做准备工作的。孩子们等待着第一场滑梯之旅，S 形的传统滑梯设计，全冰呈现。在工作人员的帮助下，坐在毯子上沿着滑梯而下。我也跟着孩子们一起尝试了下，本感觉滑梯弯道幅度不大，应该没啥感觉的。但事实上，速度很快，超出想象的刺激。不过滑梯底端，同样有两个工作人员负责保护，安全是没有问题的。后来有孩子退回去排第二次队再滑时，我们两个家长守在滑梯外侧，挑了个好角度想为孩子们拍拍照片，可滑下来的速度实在太快，照片都拍花了。孩子们看起来，依然是意犹未尽的感觉。

我刚滑完梯时，还没有从刺激的心情里缓过来，女儿走过来拍拍我的肩说道：“老妈，接下来的轮胎滑，你可要挺住啊。”我这才转过脸去，看到孩子们正在玩轮胎滑，就是坐在轮胎上，从直滑道背向而下，到底部的时候会有强大惯性产生回滑。本以为这个比刚才的滑梯更刺激，但可能因为这会儿心理重视了，反而没有之前的刺激之感。不过混在孩子们中间，听着时起彼伏的尖叫声，还是挺有意思的。孩子们，有无视这种刺激度的，有害怕这种刺激感的，但无一例外地去尝试了一把，也都感觉很开心。

有些孩子还滑了更为平缓的直滑道，这个好像大人都没有去凑热闹，单单是他们在玩了。我们合唱团的孩子，应该是唯一玩满三个冰滑项目的团队。早结束滑冰项目的孩子们，已经在另一处玩雪了，有堆雪人的，有打小型雪仗的，玩得不亦乐乎，他们是不怕冷的。不过，整个冰雪乐园里的温度极低，到这个时候，有些孩子已经连说冷了，却不舍得出去。有个可爱的女孩子跟我说道，阿姨，你的手暖和吗？我说暖和呀。她让我给她捂捂手，果然，她那会儿没戴手套，小手有点冷冷的。等过了一会儿，她的小手暖起来，很有礼貌地跟我说谢谢。这时候，大部分的孩子都觉得好冷，商定一致之后，就集体结束了冰雪嘉年华的游玩。出门去，果然阳光充足，顿时又回到了温暖并且明亮的世界。

这个冰雪乐园的意义，不仅仅是提供给孩子们游玩，也不仅仅是给南方的人们以北方的冰雪魅力，更是倡导人们保护全球环境，关注地球气候以及环境变化。

这次孩子们出来的时间稍有参差，凡是出来的都在门口处等待着，全部到齐后再次上车出发。时间已近中午，自然是去餐厅吃中饭了。只知道安排吃饭的地点定在飞行员之家，其实具体位置在哪，我们都不知道。这不，刚上车坐定，连座位上的保险带都没绑好，就到了目的地。孩子们纷纷嚷道，怎么这么快呀？早知道就走过来了。大大的场地上，停放着一架大大的飞机，一切的感觉都是与这个地名吻合的。餐厅里，有其他团队的孩子比我们早到，也有比我们晚到的。随意地就近组合，一张桌子围坐四五个人。饮料，很快就分发好了。盒饭呢，则是陆续地端上来，因为同时用餐的孩子比较多，所以，分发盒饭的时间稍微久了些。坐在最里边的孩子先拿到了，甚至快吃完的时候，外围的孩子才分到。不过，总的来说，孩子们都是较为耐心地等着，顶多念叨着怎么还不来。其实也是，就算本来不太饿，但看着大部分的孩子在用餐了，确实是比较心急。但整个餐厅里，孩子们全都很有礼貌地等着，饭菜没有端上来之前，就和同桌的伙伴们聊聊天，边聊边等。先吃完午饭的孩子，在室内是待不住的，或者去上卫生间，或者去外面大场地上玩了。

午饭的时间，大约一小时。之后便是最后一个行程，去马兰花剧场看儿童剧《金色美人鱼》。那个剧场，正好在上海戏剧学院的后门口，车子停靠的地点也就在那门口。穿过幽静的门厅以及小径，才到了剧场内。门票，是在车上时导游分发的。每个人都按照自己票面上的座位坐定，离正式开演还有一小会儿。坐在我周围的孩子们，和我聊着天，说的话很有趣。

待剧院的灯光暗下来，演出正式开始。剧情，跟我印象中的基本无二。有孩子后来也说，这不就是《海的女儿》嘛。是呀，就是根据安徒生写的这篇童话改编的。至于儿童剧嘛，在女儿小的时候会陪着她去看，现在应该已经几年不看了。这次，以这样的方式，和这么多的大孩子们一起，看着、感受着，觉得挺好。在看的时候，我更在意的可能是演出的表达形式，侧重点与孩子们应该不太一样。这些孩子，因为年龄处于不大不小的阶段，年龄差也有多有少，对这部剧的评价褒贬不一也就非常正常了。旁边的男孩子说，这该是女孩子看的剧吧。其实，里面的歌舞部分、情节的处理方式、台词的情绪渲染等，都是值得这些孩子看的。或许，他们在看的时候，没有考虑那么多的东西，但是在会心一笑时，有些印象已经印入他们的脑海里。如果这剧，安安静静地感受过，那么一定能体会到其中传递出来的爱和艺术感。任何一部剧，不可能所有观看的人都喜欢，但只要有部分懂得，或者懂得部分，就可以了。我一直在看它的情节表述部分，看到后面的时候，虽然是一部我早已熟知情节的儿童剧，但在那个片段的处理上，我真的被感动了。女儿后来和我交流时，也是这样说。我想，这也是剧本身所想达到的效果吧。宫廷风的服饰、芭蕾剧的舞蹈、尽量逼真的场景设置，都为剧效本身创造了条件。而中间穿插的搞笑台词、异国风情的表达，应该是为了更吸引孩子而特设的。什么样的剧，必然渲染什么样的氛围，这或许是每种艺术的表达所思考的。因欣赏剧目所获得的影响，也许在孩子观看的时候，并没有太多直接的效应呈现出来，但艺术感是可以慢慢积累的，也是可以慢慢形成的。相信这些热爱艺术表达的孩子们，在这样的观摩演出中，会有属于自己的领悟，会有属于自己的感受。边生活，边思考，边提高，最终拥有飞跃的进步，孩子们有朝一日是可以做到的。

行程很满，时间就在不知不觉中溜到了下午三点。集合完毕后，排队站在马路边等着大巴车带我们回到少年宫。回程的路上，导游依然与我们在一起，依然和孩子们聊得很欢畅。到达少年宫的时候，差不多就是约定的四点钟，很多家长已经在大门口等待着快乐归来的孩子们。行程便到此结束，但心情还在继续。

那天晚上，见到了徐老师分享的照片与文字。我也匆匆地发了些手机拍的照片，并随手写下了十段微说。整个活动的过程里，我的主要任务是以看着孩子们不走散为前提，所以，照片都是顺带着空闲时拍的，效果也不是多好，那晚写的微说是用手机直接码的字，草草而写。那一整天经历的感受与心情，还是很想用更多的文字来记录，因为这是我们合唱团小团第一次的社会实践活动，自然希望能用语言的方式记录下更多值得回忆的片段，因此有了这篇随记。

再回望，这次活动组织得真的很好，安全、团结、欢乐、教育等因素都齐全了。想想就很荣幸，我能作为家长代表与他们同行，和他们一起感受着这八个小时的快乐时光。在这个过程里，与孩子们、与徐老师、与另一个家长志愿者妈妈并肩而行，确实感受良多。这一切，于我自己而言，也是种珍贵的记忆。

一直都喜欢合唱团小团的氛围，喜欢很礼貌很友爱的孩子们，喜欢很热情很温暖的徐老师，而这样的活动，让彼此走得更近。时光在延续，感情也在增加。相信，无论歌唱还是生活，我们都可以在更凝聚更愉快的地方共同感受。

合唱之游，一路欢笑。如此心情，不止于现在，可以远至未来。

合唱之演：锲而不舍

秋阳温柔，秋风清凉，是可以心旷神怡的天气。一晃，时光已经溜得太快。其实，一直有段文字想记录，却因为忙碌不停的现实一再耽搁。

这个惬意的秋晨，想安静地补完这段记忆，关于2015年7月25日杨浦区少年宫合唱团汇报演出的些许场景。而且可巧，在准备写下这些文字的时候，正好见到合唱团徐老师的一段留言。原来她正在孕育新生命的幸福里。多好的消息，家长们共同而喜，合唱团的群里顿时祝福声不断。

每份被尊重都是有理由的。对于家长们来说，这些年来，徐老师她对合唱团孩子们的付出历历在目。正常上课就不必说了，孩子们都很喜欢。而在她更多的业余时间里，微信也好，“陪你练”手机应用程序也好，不管是哪种方法互动练习，所区别的只是方式不同罢了，但她始终不变的是她的态度，日复一日地等待在网络的那端，纠正着、鼓励着每个回课的孩子。这样的形式，总觉得坚持一小段时间是可以的，但长期坚持是相当不容易的，也是更值得尊重和敬佩的。而她即将成为和我们一样的母亲，想想，心情一片柔软。

因为这个原因，徐老师暂且需要休养一小段时间，孩子们等待着与她重逢的时间需要再往后挪一点，但想来，孩子们听到这个消息时，除了遗憾之外，更多的是欢喜和祝福。

做老师是辛苦的，但能拥有孩子们热爱的心便是幸福的。7月25日第十一届杨浦区青少年文化培训汇报演出歌舞专场，合唱团孩子们的表现，让家长们感慨万千，也让徐老师幸福百倍。那些童音声声，在韵律间美妙飞扬。远远地望着自己的孩子自信地站在闪亮的舞台上，有哪个家长不会心潮澎湃，有哪个老师不会心生自豪。往日坚持不懈的练习，已经在时间的轨迹里转变成了不断进步。然后，合唱团的孩子们站在一起，用各自准确的音高、节奏协调地成就了一首首动听歌曲。那是成长的音符，也是进步的感动。

那首无伴奏歌曲《月弯弯月圆圆》，孩子们在汇报演出前才学的歌曲，效果出乎意料地让人称赞。虽然很短暂的学习，前后只不过三四堂课的光景，但孩子们通过自己的努力，让这首歌曲以表演的形式呈现在舞台，悦耳动听。这首歌的学习过程，也说明孩子们都是有潜力的。任何事，没有什么不可能。只要提前准备，慢慢提高基本能力，到某个时间点，一切看似不可能的事情，其实也都是可以水到渠成的。无论哪个方面的学习，勤学苦练，都是能让人迅速进步的，并且最终能让人拥有成就感的。

每个孩子的天赋都是不一样的，但因为后天的喜欢和坚持，是可以更好地让自身的爱好精彩纷呈。我和自己的孩子也常常会讨论这个问题，我们也都一致认可这个观点。在合唱团众多的孩子中间，她的音色一点儿也不出众。真的仅仅因为喜欢唱歌，坚持了这么些年，包括风里来雨里去上合唱课。但随着时光流转，她也好，我也好，都能感受到不断的进步，也享受着持续的快乐。尤其在课后，和合唱团里其他的孩子一样，与徐老师在微信上、“陪你练”手机应用程序上互动，一次次地练习，一次次地回课。进步，显而易见。我想，比歌唱水平高低更重要的，是坚持执着的行动表达，以及相伴相行的温暖情愫。

汇报演出那天，女儿其实有一个很重要的颁奖典礼需要参加。但时间冲突了，她选择了放弃。即使合唱演出中，她只能站在团体的中间，只能是集体的部分，并不能像领奖时那样耀眼地在众目注视中走上舞台。但因为合唱是所有合唱团孩子共同的成果，是所有合唱团孩子辛苦排练许久的现实，她极快地做出了选择。我赞扬了她的选择，这也是我原本心中的标准答案。换而言之，这样的选择，也能看得出合唱团本身在她心中的位置。而事实上，合唱团里有很多这样的孩子。

每个学期，都有几首新学的歌曲。因为他们一次次地练着，所以，当他们能够完整唱出时，听到的歌声是多么与众不同。有可能，是出现在舞台上的效果，就像《渔歌子》。当熟悉的旋律在耳畔响起，眼前是孩子们微笑的表情，歌声最终穿过心间最柔软的地方，让人感动。那一刻，让所有的付出都显出值得的意义。但也有些没有参加汇报演出的曲目，比如《花蛤蟆》等，同样会因为是孩子们日常练习的曲目，不管是哪一首，不管是否在舞台演出，听来都会特别亲切的。那一首首歌，一定承载着孩子们在歌唱道路上成长的足迹。

锲而不舍，在歌声里，在时光的流逝里，都应该存在。合唱团中每个孩子的努力，决定着整个合唱团的水平。做最好的自己，也将给予自己一个最好的团队。我想，那天的汇报演出结束后，孩子们的心里都是极度欣喜的。因为他们自己努力过，所以，才能感受到最终满意的合唱效果。

不只是孩子们的精彩演唱让人记忆犹新，还有在演出前家长们的热情协助也让人久久不能忘怀。那天，我也作为家长志愿者到达合唱教室时，见到帮忙的家长已经来了不少。家长们和徐老师一起帮孩子们化妆完毕，极为默契，现场气氛温暖。

秋起的日子，微凉的风儿轻轻地从窗外飘进室内。原本极其普通的日子，只是随心而记的文字，却因为徐老师的喜讯让一切都变得更加美妙了。快乐是互相的，想来徐老师也早已经在遇见一大堆祝福的时候美滋滋的。

从来都无法预估每个孩子在合唱团里停留的时间，但是对于每个有缘分走进杨浦区少年宫合唱团的孩子来说，对于每个喜欢歌唱又遇见徐老师的孩子来说，彼此相处的时光是值得留恋的。那些时光里的收获，不仅仅影响着歌唱的日子，也将影响着未来的岁月。

不管在杨浦区少年宫合唱团里会待多久，但因为身处其中时的付出和收获，就会是人生中美好难忘的记忆。

记住一些成长，记住一些感动，记住一些温暖！

在孩子们的歌唱声里一起继续向前！

在徐老师收获很多祝福的日子里，快乐记录！

音乐会随笔

大雨倾落，窗外阴沉迷蒙。寂寥的午后，独自一人。听着流行音乐，耳畔回想起来的，却是昨晚聆听过的混音合唱，甚至在心里久久萦绕不散。

那是场复旦大学校内的音乐会，是一场听觉的高雅盛宴。昨天听少年宫合唱团老师分享这条讯息时，觉得时间、地点都很合适。等女儿回家时说起，她也是极力赞成。说实在的，她平日做作业磨磨蹭蹭的，昨晚为了听音乐会，可是前所未有的主动积极。

我们到达的时候，离进场时间还稍有段时间。只不过地形不熟，两个人转得有点晕乎乎的，幸亏有个保安微笑指点。在我们庆幸顺利到达多功能厅门口时，大门微开，从开敞的角度瞧起来，里面座位席上空旷无人，只有台前合唱团员们在排练，从窄长门缝里飘出来的歌声确实很好听。当时真以为我们足够积极，别的观众都还没有到呢。门口站着两三个漂亮姑娘，看起来是音乐会的工作人员，结果一打听说这个门暂时不开，观众只能从另一侧的门进入。本以为一绕就能到的，但事实上又经指点，是只能重新乘电梯上去两层，然后再下来到这层，才可以进入表演大厅。

好吧，反正只能这样了。结果上了两层之后，才发现那是个环形的安静咖啡厅，它的中央是空的，屋顶就是多功能厅的屋顶，从多功能厅开始的三层高度其实就是一个完整的共享空间。我恍然明白，怪不得这家咖啡厅取名叫作“星空咖啡厅”，这圆拱形的屋顶分明像极了苍穹。站在中央栏杆旁往下看去，离合唱团咫尺之遥，他们美妙的歌声瞬间即达。这误打误撞的方式，却让我们找到一个非常特别的角度，聆听，然后宁静。一时间挪不动脚步了。本该穿行而过的我们，却迟迟不能向前。后来觉得快到入场时间了，赶紧找电梯下楼，那个门口已经排了很长的队伍了。等待几分钟后，厚重的大门被拉开迎接观众，我们随人流缓缓而进，只有比较靠后的位子了。再晚些来的，压根儿连座位也没有了，就只好站在会场最后或两侧的空地处。

整个音乐会，除了歌者们摄人心魄的声音之外，就是每首曲毕后经久不停的掌声。有宗教色彩浓郁的曲子，有耳熟能详的歌曲改编，最后那首应该是复旦大学的校歌吧。这种混音合唱的魔力，居然会让人忽略了歌词本身。唱校歌的时候，是中文歌词，可是听了很久之后才会反应过来。心，已经完全被他们歌声吸引住了，余下的是一种心情，一种沉醉。时间仿佛静止了。而非中文歌曲，就不必说能不能听懂歌词了。那些曲目有之前听过的，也有进会场时拿到的曲目介绍可查，但到后来，我不能一一对应了，或者说不再一一对照了。他们演唱的状态，让人无法转移目光，不会分散心情。顾得上的，是聆听和鼓掌。声音有层次感，却又融合在整体感里，情不自禁地跟随着曲风欢快或悲伤。后来回想起来，似乎是心灵的洗礼。

女儿也说，这样的音乐会真棒啊。她说，她感觉她的未来一片光明。我也一直觉得，她的兴趣爱好广泛，应该会有很精彩的大学生活。不过她说，她到那时，应该也达不到这个合唱团的水平。我笑道，这不还早呢，也许你努力些，就能达到。她想了想说，也是啊。

就在这两天，她自己有了个小小的目标想去尝试下，并不在意结果，只是想给自己一次不一样的经历。我向来赞成如此心态，不过度奢望，但不能不去奋斗。每一种梦想，都有一定的契机，都有一定的缘分，至少如今敢想并敢于尝试，就已经比之前进步无数。

Echo 室内混音合唱团的声音，仿佛在心里扎根下来。只是原本想好好描述他们怎样震撼心灵的，到落笔时才发现，已经不知道用什么样的词语才能真实复原现场。但我想，这样的感受，会给生活带来些改变。女儿昨晚散场时，就已经计划改天再去看类似的音乐会了。忽然觉得，生活里分明又多了一种情调。

因你们而精彩

2014年6月14日，那天，四周弥漫着热烈的夏天温度。而小荧星艺校五角场校区二年级的汇报演出，让参与演出的孩子们和观看演出的家长们，怀着同样热烈的心情。

演出结束两天了，但女儿说，仿佛还留存着登上大舞台的兴奋之情。我也一样，脑海中还时不时地闪现那天见过的精彩片段。女儿，作为引领整个演出的开场主持人，那天的表现让我很满意。神秘的演出服，也是在那个时刻我才见到的。帅帅的女飞行员形象，暗暗的舞台上，只有她站定的地方有着耀眼的灯光，那一刻，我见到了她的闪亮。

近些年，她参加的各类比赛很多，但单独这样站在大大的舞台上，用这样的表现方式展现自我，还是第一次。之前第二次联排的效果，我也见过，而正式演出的时候，我认为现场效果比联合排练的感觉更好，达到甚至超出了我和她自己的期望。别的节目也都很精彩，但我跟其他家长一样，最关注的，肯定是自己的孩子站在舞台上的时候。不管他们长高了多少，在我们的眼里，他们永远都是让人放心不下的孩子。

演出前一晚，她把个性签名改成了“开心，心有多大，舞台就有多大”。在这之前的很多时刻，我都听见了她期盼这个瞬间早点到来的声音。我知道，这个签名的内容，也一直是佐飞老师告诉他们的。我始终觉得，这两年坚持上小荧星艺校的决定，是正确的。遇见好的老师，是孩子的幸运。好老师的定义，我一直并不会单纯地解释为拥有过人的教育水平。我最欣赏的老师，是那些平等地对待遇见的孩子们，能准确地看到他们各自的优缺点，能耐心地等待着他们成长，这些比老师自身的才华横溢更为重要。女儿很幸运，一直能遇见这些老师们，温暖与才情兼具的老师们。

当初，选择小荧星艺校，理由极简单，只是因为新增的校区正好离家极近。和女儿在马路上走过时，总能看到巨幅招生海报，因为小时候就知道它，原本觉得可望而不可即的地方，所以，常和女儿说，要不我们去试试，好奇的成分占了大半。而这样的想法，直到报名截止时间结束的最后半天，我们才手拉手晃悠进了招生办公室。我们的本意，是想去民乐班，但看了学员班专业设置之后，她的年龄最适合的是播音主持。面试要求也极简单，准备一段朗读的文字，可读可背。记得好像第二天就去面试了，场面很壮观，面试的孩子很多。但也发现，女儿的年龄偏大，不过这也在预料之内，报名年龄段是 4 周岁至 12 周岁的孩子，她那会儿也快 11 周岁了。家长不能入内，我悠闲地在外面等她。她出来时，就偷偷告诉我，瞄到了成绩，三项中有两项是 A，应该是通过了。

等收到录取通知书、缴费开课之后，见到了教播音主持的佐飞老师，还有教形体的杨赛赛老师。因为佐飞老师本身就是东方都市广播的主持人，所以，我们也会定时从收音机的那端听见他的声音，他那档关于美食的节目，自然也很对自称“吃货”的女儿的胃口。能从电台里听见现实里认识的人的声音，那种心情也很特别。像女儿他们这些孩子，原本的话是不大听收音机的，但对于我们这年龄的人来说，以前在学校住宿时，伴随着我们度过很多时光的便是收音机里的众多节目。而因为这样的一种缘分，我和她，也热情百倍地重新翻出收音机来听听广播。杨赛赛老师，可爱漂亮，让孩子们极喜欢。每次看见，总觉得青春无限，活力四射。可惜这学期因为生病，而暂时告别了这群孩子。代替她的，是文静美丽的练老师。

小荧星艺校的课程，可以说是一度让我们纠结着是否学下去的科目。不为别的，主要是原来同班跟女儿类似年龄的孩子们，一个个为了学校的功课而放弃了这样艺术修养类的学习。她渐渐觉得成了班里的大姐姐，虽然其余的孩子们都超喜欢她的，一个个围着她喊姐姐。最近的一年里，她的个头猛窜，这样下来，身高悬殊更明显了，也让她在一段时间里有所困扰。关于这个问题，我们也讨论过。我是觉得，如果对课程本身不感兴趣的话，那放弃无妨，但如果单纯地因为自己在班里年龄偏大，那就大可不必了。也问过佐飞老师，佐老师肯定了她的表现，也明确表示所有的课程都因人而异，他的班级里需要像女儿这样的大孩子。所以，到最后，还是坚持了下来，坚持过了小升初的阶段，甚至坚持到了现在。

大多数的家长，在小升初与小荧星课程的选择前，基本是会选择前者吧。但我一直觉得，这两者，从不存在二选一的问题。我对女儿说，我能坚持让她不上主科辅导班，但也请她维持好自己的学业，我并不希望我的孩子奔波在各种主科学习班里。我希望，在许久许久后的未来，等她长大之后，她会感谢我的选择。

童年，都只有一次，我希望尽我的可能，让她用最愉快的方式成长。

而无论如何，当她站在灯光璀璨的舞台上，能够流利自若地主持时，我以为，我的决定是正确的。她，在大多数的时候，我会把她归类于偏内向的孩子。但她的潜力，我想我可以看见。这两年来，学期结束时班级的汇报演出，直至如今的小荧星艺校二年级汇报演出，我都能看见她的进步。那天，我问她，站在台上紧张吗？她说，一点也没有。包括彩排时，都不觉得紧张。正式上台之前，佐老师还告诉她不要怕，他会在台下给她壮胆的。她说，她也一定要表现好好的，因为她是开场的，她的情绪会影响到后面的节目。开场表现很顺利，后面集体表演，以及临近谢幕时出场主持，更是没有问题。集体谢幕时，远远地看见了她灿烂的微笑，我能感应到她的欢喜。

那天表演，舞台上灯光绚丽，本想替她拍些照片，但那样的场景里，实在不是普通手机就可以拍出理想效果来的。回家后，她特意换上了演出服，摆了各种姿势让我拍照过瘾，看得出来，她自己也很喜欢老师挑的演出服。演出时，她出场的那瞬间，也是我第一次见到她的演出服饰。见到时，就喜欢上了那样的感觉，也知道，她一定很满意自己的造型。

佐老师说，希望他们能爱上这样的舞台感觉。我想，至少她，应该是爱上了这份感觉。这份享受，并不代表着以后会走艺术这条路，但是，这个过程中，体会的勇敢、自信、从容、优雅……这些种种感受，都会在以后的日子里影响着她。在这次经历里，她完成了超越自我，完成了跨越胆怯，体会着不一样的心情。

看着那些活泼的孩子们在舞台上表演着歌舞，她和我一样，都稍有遗憾，没有更早地遇见小荧星。不过，就当是种特定的缘分吧，刚刚好，在那时候遇见。也许正因为那时候遇见，所以，可以成为让佐飞老师引以为傲的学员之一。她也常常骄傲地夸自己，谁让她是佐飞老师的学生呢！佐老师的绘画，也是让她偷偷崇拜着的，包括我。他坚持画着的“飞画连篇”，很有风格。

所以，不知道从什么时候起，她一直毫不犹豫地说，继续跟着佐飞老师学下去，我深表支持。这样的坚定，是对老师最大的肯定。

在未来的日子，如果有缘分继续同行，请一起努力，用最快乐的方式前行！

童趣香自来

夏的余威，依然在立秋之后的每一日里历历在目。但也有些凉风穿过了夏的缝隙，带着初秋的味道，迎面而来。这些在肆虐的夏日里格外可贵的风，同时吹来了墨迹之间的香味，吹来了读书之内的热情。

2013年8月17日下午二点到五点，在上海国际展览中心，身为《小主人报》小记者的女儿，参加两场上海书展十周年里关于儿童文学的活动。辗转地铁之后，我陪着她在规定的时间到达了集合地——上海国际展览中心大门口。一同参加活动的孩子们，陆陆续续地也到达了，穿着红色的记者服，佩戴着记者证，像模像样的他们非常抢眼。他们是有赠票的，可以集合完毕后直接进入。对于书展不感兴趣的家长都离去了，准备到结束时间再来接孩子。而我，则是很想亲自感受一番，便去买票了。结果，出乎意料的书展热情在此时呈现在我眼前。长长的望不见尾的队伍，间歇地有阳光照耀着，我望而生畏。可是，那些排队的人们，没有谁的脸上显示出不耐烦，秩序井然。

等我买好票折回大门口时，女儿他们的队伍也刚排好，正好紧跟着他们前进的方向同行。后来才知道，展览厅太多也太大，幸好是这样地尾随着他们进入，要不然真不知道去哪找他们的人影。他们参加活动的展厅，全是适合儿童阅读的书籍。只见到处是琳琅满目充满童趣的书，排列布设倒是跟书城差不多。一侧墙的中央处，搭好的舞台，正在进行前一场的签售会。女儿他们是统一活动，所以，我就独自晃悠着四处观看，倒也挑得了几本想买却未曾买过的书。而每个角落，或者说每个地方，都有着家长与孩子同行的画面。对于阅读，我始终认为是个良好的习惯，也是会影响人的一生的好习惯。此刻，我的眼前有着这么多爱看书的孩子，有着那么多愿意带孩子来感受的家长，整体氛围如此之好。

女儿他们第一场活动，是唯一入围2013年度国际林格伦纪念奖的中国儿童文学作家殷健灵的“童年的蜻蜓”朗读会，小记者们纷纷在台下的座位上端坐整齐。两位主持人，都是来自《小主人报》新闻学校，手持话筒非常正式地开始了活动。作家向台下的家长及孩子们问好，提出期望等，有小记者上台介绍作家简历，也有小记者上去给作家敬献红领巾。互动环节，是作家与几个踊跃的孩子分别朗诵了作品中的片段。之后，还有赠书仪式，参加活动的小记者们都获得了一本作家亲笔签名的书。孩子们迫不及待地翻开书，脸上都是满满的欢喜。我也仿佛看到了文学未来之路上的行走者们站立在我的眼前。

第二场活动是小记者见面会，主人公则是小朋友们称之为“辫子姐姐”的郁雨君——畅销儿童文学作家。甜甜的笑容，长长的辫子，在孩子面前发言的时候，如邻家大姐姐一样，和孩子们分享了她许多生活中有趣的事情。小记者们都听得津津有味，还提了很多自己想要知道的问题。现场的热情，让所有聆听者都能感受到。在最后，辫子姐姐同样也赠送了一本她签过名的书给每个孩子。在孩子们依依不舍的目光中，活动结束了。

会场旁边，还时不时地站着些来参加书展的家长和孩子，有些听着听着，就赶紧去买了那两个作家的书，然后在工作人员的引导下，去找作家签名。现场的书香正浓，氛围极好。而且，能感受到儿童作家们一颗颗未泯的童心，也正是这样的一种真实童真，才让他们保持着创作的源泉，在过去、在现在，一直延续到将来，为孩子的成长提供着心灵的滋养。

这个夏日，包括旁观者的我，深深地被这些场景所感动，儿童文学的气息这般浓郁，浓到感染着身处其中的每一个人。在走出展区之后，暖暖的风吹来，带着白天的温度，却不灼热，心中怡然。我是如此喜欢刚刚见到的种种场景，人山人海的阅读人群无处不在，而最让人感动的，是这些孩子，以及为这些孩子而写作的人们。

飞扬夏日的梦想

随着气温节节升腾，酷热的炎夏毫不掩饰地呈现在身边。无论在公司，还是在家里，自有空调营造出来的凉凉惬意相伴。但不可能不出门，总归会有面对着被炎热炙烤过街道的时候。

正午时分，行走在高耸入云的楼宇下，往往也借不到它们的阴影庇护。室外每一立方微米的空气，都是这般热烘烘的。沿着人行道，撑着阳伞，仅仅是挡住了直接而耀眼的阳光，几乎感觉不到任何微凉的气息存在。每一缕拂面的风，也是热烈无比。往前走着，突然觉得，视线里那些建筑簇拥的场景，像极了当初学的建筑画。自然而然地，心里流动着柔软的心情。记忆复苏的瞬间，竟然也忽略了那些身处其中的热感。

某日中午到家的时候，女儿正在画画。令我惊讶的，是她正在临摹一幅建筑速写。她的模仿里，有着原画的神似。一旁，还有一张已经完成的作品。这是一幅房间效果图的铅笔画。那张图的画法本就不同，但见孩子也模仿着原图，用直尺画出了房间的透视效果。

女儿见我到家，迫不及待地开始向我炫耀她的那两幅画。不同的画图方法，却给了我最真实的感动。简单的铅笔线条，居然在寥寥无几的笔触间表达出了完整的画面。速写也好，效果图也好，都离我似乎很远了，我应该有十来年没有碰过了。这个瞬间，立刻打开了我记忆的思绪，想起了遥远的岁月里，我也常常这样练着速写。

女儿临摹的两本书，都是我前些天去书店里一时兴起买下的。孩子仰起脸，认真地问我，她的图画得如何？又一脸憧憬地说，她以后要去做个建筑设计师。我不禁笑了，那是我在职业的道路上行走时遗落掉的专业，如果有一天，我的孩子真能如此，我应该是很欣慰的吧！

女儿经常说她的理想。在报纸杂志上发表习作时，她说想成为作家；在对科学试验感兴趣时，她说想成为科学家；在屡屡参加天文比赛时，她又说很想成为天文学家……可这一次，我看着她自己依葫芦画瓢画完的图，觉得她离建筑设计师这个梦想近了。我当初接触到这专业时，比她现在的岁数大了五六岁吧，那时什么都不懂，并不是为了梦想而报的专业。而她现在，多让我惊讶，对建筑画的感觉强胜过我很多。还记得前几年，她上小学一二年级时，家里翻修房子。她竟然能准确无误地指出平面立面与现实中对应的部位。平时也无人教她，或许这就是家庭的氛围，让她具有了比同龄的孩子多了那么一点的建筑学识的能力。

我笑着夸了她几句，她显得得意极了，便继续涂鸦她的画去了。我的心里，带着对她这份理想的赞许，许下了深深的祝福。也许哪一天，她就真正地实现了她此刻关于建筑设计师的憧憬。但愿女儿的梦想，在炎炎夏日美好的憧憬中继续飞扬。

我的目标任我追

这一次的秋天，似乎比往年来得都早。据说今年的夏季，是二十多年来最凉快的。想想也是，这个夏天，在记忆里并没有留下热得难耐的痕迹。另外，因为孩子暑期的缘故，感觉原本按部就班的生活完全没有了规律可言，也正因为此，日子便过得飞快。这不，一转眼，就要开学了。

这种明显的日期提示，最近随处可听。哪怕和女儿去菜场买菜，熟识的摊主总会笑着问道：“快开学了吧？”女儿说，现在怎么到处听到鬼故事啊？她说的鬼故事，其实就是指开学的事。作为孩子来讲，总不会热情万分地盼望开学的，在家显然比上学轻松自在些。但说成鬼故事，自然是打趣的成分多些。

女儿说，在家太久后，也挺想念学校生活的。毕竟，上学时，可以有那么多同龄的孩子一起学习、一起玩耍，这些都是暑假生活里缺乏的。习惯一种生活之后，会想念另一种曾经经历过的感觉。

开学之后，她该上初一了，这应该也算个学习阶段的转折吧。我还能记得二十多年前，如她一样的年龄时，是如何开始初中生活的。想想那会儿，挺有意思的。玩心颇重，对待学习多半是靠小聪明。初一的时候，基本是吃老本的状态。那时，并没有多么远的人生规划，纯属混混日子。当然，老师们可不会任由我们松散，尤其是学习，抓得挺紧。有一天，班主任找我谈话，问我以后中考的目标是什么？我很自然地回答道："随便考考吧，职校也挺好。"直到今天，我也还记得班主任当时的表情。她愣了许久，满脸诧异，思索了措辞之后跟我认真地说："你的成绩偏上，人也很聪明，而且是班长，对于中考怎么能这样定位呢？你要努力下，考启东中学或者小中专肯定是没有问题的。"当时的我，并没有觉得什么，但我的印象里，职校挺好的，又轻松又自在，晚上也没有作业。现在想到这些，我会情不自禁地笑自己当初的思维真是太简单了。

不过，不管什么时候，我都不否认，老师管得再严也好，要求再多也好，都抵不过自己想要用功的决心。只有认识到学习的重要性时，自己定好目标之后，才可能真正地用心去学。幸好，我觉悟得也不晚。既然老师们都很肯定我的成绩，我也很想给自己一些压力，把小中专、启东中学定为我的中考目标。

初二，大多数人都认同的初中阶段最重要的一年，我开始努力学习了。那会儿，我的底子也不差。初一的时候，全班六七十个人，凭着小学时候的优异成绩加上一些小聪明，我的名次也始终能保持在班级十五名以前。所以，奋起直冲的过程，一直都没觉得困难。但这种成绩，放到全校、全区，甚至全市，应该不知道是哪个阶段的名次了。努力是必不可少的阶段。还好，我已经给自己确定了明确而可行的目标。我开始寻找自己的学习薄弱点，一个知识点一个知识点地攻克，由量而始，并终于见到了质的飞跃。最后中考的时候，我能跻身全市前十名的行列，应该说我自己也没有预料到。我确实如愿以偿地达到了自己的某个奋斗目标——小中专，而且这样的成绩，填志愿的时候，无论是选择哪个学校都毫无压力。但最根本的，我始终以为，是这样的成绩让我值得荣耀一辈子，并且对我后来的日子起着不停鼓舞的力量，在以后，自然也会继续地延续下去。

因此，我对孩子也常常这样说，名次、成绩，都并不能说明什么，最重要的事情，永远是你自己想要达到什么样的目标，并且为了定下的目标是否努力过。对她来说，即将开始的，是初中阶段，是会影响到她将来上怎样的高中、大学。但我告诉她的是，定好一个切实可行的目标，并争取达到，那样就可以了。

我们每个人，都不该浪费自己的潜能。有些目标，原本在自己意料之外，但是，某一天，觉得真正愿意为之努力了，那么就奋勇向前吧！也许，成功的感觉，就在不远的前方等着我们！

秋天，这么快就来了，它带来的不仅是凉爽，还有收获的期冀！

与党在一起

淅淅沥沥的梅雨季节里，七月如期而至。江南的夏天，一向如此。尽管到处潮湿多雨，却也有着久别重逢的亲近。记忆里的这段时光，多半就是类似的天气，所以不会厌烦这些不眠不休的雨来。

那日，一样的雨意缠绕。这般气候，我一向是喜欢居于室内静听雨声。似乎就这样迎来了七月，并浸润在雨水滴落的日子里。不知道为什么，每次聆听着雨落的声音，便会有种万物正在生长的联想。

也正是在这一天，网络内、报纸上都热烈地庆祝着中国共产党建党 94 周年。而同时，我也看到了现实生活中的共产党员们也在用自己的方式庆祝着。忽然发现，我的周围一直有着很多的共产党员，有亲人，有友人，有同事……之所以说忽然发现，只是因为这一天他们分别表达的祝福话语，在我的脑海里变成了极深的印象；或者说，这些祝福的话语，让我记起了些什么，关于他们，关于中国共产党。

从小时候算起，离我最近的共产党员自然是爸爸，常常听他说去开党员会议，或者去参加党员活动。而我们长大的时光里，还有很多与共产党员相关题材的电视剧、电影、文学作品等相伴。党的印象，在记忆深处时时闪耀明亮。对于下一代，我有时在想，是否会缺失这方面的教育。现在的幸福生活，会不会让孩子们难以理解祖辈浴血奋战的过去。但与孩子交流的时候，他们并不似担忧的那样，对于近百年来的历史并不无知，有时甚至比我们了解得更加全面深刻。

也是，在党的生日之后的某一天，女儿说他们学校包场电影。因为影院里正在放映的都是青春偶像剧之类的，我也纳闷他们会看什么电影。结果后来问她，她说跟着邓小平爷爷爬了回黄山，其实就是纪念邓小平同志110周年诞辰的电影《邓小平登黄山》。还以为她对于这类影片会不以为然，但是她从叙述故事情节和表达感想的语言里，我能感觉到她的态度。她提起了影片里的包产到户，提起了邓小平同志登黄山时经历的一些镜头。这样一部名人传记，也从某个侧面感觉得出孩子们对于中国历史的熟知程度。他们这些“00后”，也是能够理解往昔先辈所付出的心血，乃至人生的意义。对于影片所包含的教育意义，他们也是完全能懂得的。

无独有偶，那期间我在学校的家长接待日见到了她的班主任。在对于整个学期表现的交流中，班主任肯定地对她积极要求加入共青团的愿望表示赞许。相信有崇高的信仰，才能让生活充满更多的正能量。不管在什么时候，能够正视过去，并能审视自己，一直懂得感恩，才能拥有更好的生活。也许不久的将来，她就能真正地成为一名共青团员，也可能在更远更远的未来，她还能成为一名光荣的共产党员。

雨，继续不停地下着，如丝如缕。那些雨水滋润着大地，缠绵委婉，营造出一种独特的江南夏景。我依然是这样觉得，世间万物同在雨中生长，同时还因为现在的幸福生活而让心灵之树共同生长。而生活之内，有这么多的共产党员在我的身边影响着我，与我的生活息息相关。想到他们，心便有所安定。生活继续美好向前走。

相爱5000天随记

2015年6月14日，女儿说，那是她的5000天。最初看见这句话的时候，我压根儿没有反应过来，还调侃她是从火星上来的。后来她说我不是她亲妈时，我才恍然大悟。原来，这个日子，是她出生的第5000天，来到我、我们身边的第5000天。一下子，觉得心里有种莫名柔软的情感飘浮起来。

虽然对于庆祝之类的事，从来都有些不以为然。但并不反对用一个听起来愉悦的理由，来让平淡的日子变得与众不同。何况，听到这个日期时，心里确实感觉不一样了。细细回想，她出生到现在，改变了我的生活，让我的世界丰富多彩。这种改变，是让人心存感激的，是充满爱意的。

看着她慢慢长大，仿佛是很漫长的过程，又仿佛是一瞬间的时光流逝。如今，已经是比我还高着那么丁点的小姑娘了。虽然，照她的年纪来说，依然是个孩子罢了。但，我正在渐渐地适应，我更愿意把她当作妹妹来相处。平时我们母女俩出门，常常会被误认为姐妹。当然，一家三口出门，被错认为兄妹仨的情况也同样存在。碰到哪个八卦味比较浓的，还能好奇地问个不停。但这些都只是外表上的错觉，她长高长大了，而我们恰好还没有老去，尤其是生活在大多数人结婚生子比较晚的城市里。

不过我想说的是，在相处模式上，我渐渐地开始把她当成同龄人。比如阅读文字，我们可以读着同一本书，抢同一本杂志看。衣服、鞋子等，也开始可以在同家店里挑选，偶尔还会买相同款式。至于电视剧或电影，也是已经可以看同样剧情的了，没有任何一方的勉强。大多数的话题，我们可以交流。何况，现在的年龄，不适合说教，不适合过分责备，打骂更是别说了。尽管她也会这个耳朵进那个耳朵出，这次教育了下次继续忘，但总体而言，我们可以基于平等的状态下对话，更偏向于讨论分析的形式下进行。

听说是她出生 5000 天的日子时，我的感觉，就是以后可以完全地与她用姐妹相处的方式来进行了。为人父为人母的道路上，我们都在摸索着前行，都在不断地调整着自己的位置。我们最应该做的，是不溺爱，只关爱。谁都不是完美的，家长也好，孩子也好，但我们都可以尽力做得更好。而且最重要的是，我们身处其中时，是心悦并享受的。

在过去的日子里，她渐渐长大，并且长成了我喜欢的模样。那些岁月里，最心悦的，并不是别人眼中的优秀，而是我们能快乐地牵手同行，如姐妹般。

总觉得这样的相处方式，不只是我们可以，别的家长也都可以，或者说，也应该努力可以。放一段最美好的年华在孩子身上，用一颗陪伴的心和他们一起同行，生活就会变得更心动。孩子都是最棒的自己。

昨天和女儿说，原来我们已经相识、相爱 5000 天了，真的很好。时光在继续向前流淌，我们会更像姐妹一样地相处下去。谢谢这份来自生活的恩赐，给予我柔情百转的心境，和我的孩子一起微笑地漫步生活。

亲爱的，我爱你

——写给十四周岁的女儿

2016年5月20日，正好是你们初二年级在崇明二日营的日子，你们活动的主题就是十四岁生日，关于成长。虽然之前我和你爸爸都因这个主题活动各自亲手书写过一封信给你，但想说的话还有很多。所以，在今天，我再写下些文字，以期待你在未来的日子里更好地成长。

其实这是个网络情人节，但我总认为既然可以翻译成“我爱你”，就是听着美好感觉美好的时光，并不妨碍我们表达各种藏在心里的爱意，就算与爱情无关。而你，对我来说，到如今，更是从母女之爱逐渐变成了朋友之爱，或者说，我更喜欢平等友爱的相处方式。

在你成长的过程中，我曾一次次记录下些文字。我也一直都感谢自己，正因为那些记录，能让我更清晰地记得你成长的历程。到现在，想来应该有二十万字左右。当然，那些也只能算是你成长中的片段。可是，我很高兴，相伴相随的过程里，我从不曾缺席。过去的十四年时间里，无论哪个时间节点，我都可以说很了解你的想法，也很了解你的心情。我想，长大懂事后的你，也能同步感知我的想法感知我的心情。

虽然常常有人会评价你是优秀的孩子、我是优秀的母亲，但我一直跟你说，我从不在意你或者我是否优秀，只希望彼此成长的过程是快乐的。尤其我对自己的要求是，希望自己在以后的某一天回望过去时，可以坦然地说，我曾给过你真正的童年，你也骄傲有我这样的母亲。

说实话，在现在的社会里，要想呵护一段无忧无虑的童年，实属不易。在你成长的过程里，我也有忧虑，有不安，有困惑……但我很高兴，我们都愿意彼此调整着位置和态度，也能保持着平等交流的沟通方式，让一切都朝着更好的方向进行。你和我都在平凡而普通的生活之内，很多事也由不得我们左右，很多人也由不得我们选择是否喜欢，但是有些事情是我们自己可以做到的，我们可以一起努力让自己变成内心所向往的样子。

过去的十四年，分成很多的阶段，每一次也都会有些变化。许多往事都历历在目，仿佛都近在昨天。但事实上，你已经长得比我还高了，有些方面也已经超越我了。还好，在你长大的时候，我的心还未老去，所以，近几年来的相处，我觉得更像姐妹。再说，喋喋不休的说教，肯定不适合应付你了，我也干脆不浪费口水。有什么事情，直接沟通更省事，效果也更好。我想，当你愿意把心事都说与我听的时候，我是安慰的。在某种意义上，我一定是你最忠诚的朋友！

长大的过程里，难免遇到挫折，但有我在你身边相守，你说感觉幸福。不苛求别人，也不苛求自己，生活会更愉悦些。我认为生活最理想的状态，不是有多风光，而是心境的自在与快乐。说起来容易，做起来确实蛮难，但无妨，生活本就是边行走边调整的过程。

在这十四年的时光里，我因为你而努力变得更好。谢谢你喜欢我做的饭菜，也谢谢你的厨艺已经远胜于我。谢谢你让我继续保持着积极向上的生活态度，也谢谢你同样愿意努力向上。谢谢你让我愿意陪伴你成长，也谢谢你真正陪伴在我的身旁。我们可以共同逛街、共同阅读、共同游戏……基本步调一致地一起生活。

这些年里，我也从记录你的成长日记起，逐渐迈进了靠近文学氛围浓郁的地方，出版了真正属于自己的散文集。我听到了你时常对我表达的共同欢喜的心情。我也从你的兴趣爱好里，找到了我遗失多年的喜好，你愿意听我翻唱的歌，愿意听我录制的朗诵，愿意看我制作的图文，现在的你可以指出其中的一些缺点，然后我也会根据你的看法来逐一改正，这过程于我而言，非常美好！你在帮我逐渐变成更好的自己。还有这中间，你说过的每一句赞美和鼓励，我也都深深地记得，并且因你的肯定而感觉特别欣喜。

而在你的学业旅程里，我也是可以很肯定地赞扬你的所有进步。我看着你从内向的孩子，慢慢地变成可以淡定适应多种场合；我看着你从单纯地喜欢画画，慢慢地变成可以有些想法地表达画面感；我看着你从只喜欢乐器却不喜欢练习的状态，慢慢地变成了喜欢并愿意自主练习的完全享受；我看着你从唱歌音不准，慢慢地变成了可以唱出我所喜欢的韵味；我看着你从只愿意玩游戏，慢慢地变成了可以熟练运用多种计算机软件的孩子……我看着你愿意不断地修正着自己的弱项，慢慢地变成了更自信的自己，其实这就是最好的你！世界上，并没有相同的人，也没有可以复制的人生，而你自己所想要成为的样子，才是值得你用时间去追求的。

我们也时常会谈到理想，我知道你的梦想。一直希望你是认真的努力的，这样的要求只是希望你可以有机会实现自己的理想。至于别的，我认为都不重要。你们的成长环境一直太优越，所以，始终没有刻苦钻研的精神。我也从来不要求你死读书，这个观念自始至终都是直接灌输给你的，但不可否认，目前你读书的状态与我想象的还有很大的差距。我反思我曾经的学生时代，也承认是利用些小聪明的状态更多些，但是关键时候还是很努力的。尤其是后来在读自学考试的时候，那种辛苦或许是没有经历过的人无法体会的，可也正因为那段经历，让我在后来的很多事情中感觉值得，并有所收获。

有些我一直说的话，你都明白，但始终做不到。我不愿强求，但我觉得，我只是能比你看得更远更深刻些。聪明如你，唯有惰性才会一再阻碍前行。没有谁可以十全十美，我也一直允许你存在着这样那样的缺点，但有些缺点却是应该及时改正的。至于我自己也是，很多时候，家长是可以被孩子逼到愤怒，我也不会例外。但我愿意及时调整，恢复到自己应该保持的心态。因为我喜欢过去和现在与你和平共处的时光。不过，本来这种不愉快的情况就不太多，现在按我的心态来讲，应该更不会被你激怒了。

虽然都说岁月无情，但我真的很感谢岁月的馈赠。这十四年里，你给予了我幸福和自豪，给予了我柔软与温馨。从你幼儿园起，每年的母亲节或者生日，我都能收到你精心准备的礼物。而且家人、同学生日的时候，也是如此。我身体不适时你照顾我的感动，我都保留在心灵的最深处。你是个富有爱心、体贴入微的孩子。

不知道从什么时候起，偶尔见到你写的散文和诗歌，都会让我惊叹奇妙的传承，那些你写出的文字极像我的风格。从小到大，你就是我所喜欢或者说向往的样子。所以，很感谢亲爱的你，让我的生活充满着诗意的氛围。就像每次买了你我都中意的花卉回家，感觉这世间又多了种浪漫的情愫。

很久以前，我就不把你当成小孩子看待了。那么，十四岁之后的你，我更是会尊重你的每一个决定。当然，你与我，都知道彼此的底线在哪儿，不过分就好。愿意与你像朋友、像姐妹一样相处，一定不是放弃我做家长的职责。我的阅历，肯定远胜于你，我愿意尽我的能力陪在你的身旁，让你自在愉悦地成长。

前些天，因为这两天你参加的十四岁生日主题活动，老师有要求让爸爸妈妈亲笔写信给孩子时，你就说过，上一届的初二在去年也有这样的活动，有些孩子读着家长的信泪流满面。我当时也就说了，我之前一直有写成长日记，你也常常能看到我的文字我的心情，想来你是不会像那样感动到泪流的。但是，今天写下的这些文字，以及以前的，会和生活本身一起，让你深感欢喜的。以后的日子里，我们依然要更快乐地一起感受生活，一起变得更好！

最后，请听我说，亲爱的，我爱你！

充满收获的游学

——记女儿2016年暑假宁夏甘肃游学行

【2016年7月1日】

2016年下半年的第一天，是孩子们暑假的第一天，也是西吉游学团的孩子们旅行的第一天。女儿作为上海市育鹰学校选派出去的三个学生干部之一，与复旦二附中的二十来个学生干部同行，还有少数几个老师和家长一起，前往宁夏回族自治区西吉县游学。对于我来说，西吉是之前从没有听说过的地方。但正因为女儿的行程，我才知道它曾被联合国评为最不适合人类居住的地方。想来这段旅程，将是艰苦而难忘的。

清晨七点前，按规定时间送女儿到学校门口。目送着她坐着学校的车驶远，心里的思念一下子就翻涌了上来。虽然不是第一次送她夏令营，但这次最远，时间也最长。宁夏，是个遥远而陌生的地方。

幸好，他们学校的游学团微信群中信息不断。带队的是学校德育处主任昝刚老师，他在每个时间节点都会拍照片，跟家长们及时报平安。火车在驶向远方，我们家长的心也跟随着孩子们一起远行。

闷热的午后，有些困倦，正好看见昝老师群内更新的照片。那会儿，他们刚刚完成漫漫旅程中的七分之一，到达我始终热爱着的南京。然后看着他们经过一个个火车站，有徐州站、商丘站……当然还有些只听说经过却没有拍照的站点。

旅途中，每逢饭点的时候，他们基本都是吃方便面。其实，家长们、班主任们都在微信群里说着，建议孩子们去买点火车上的盒饭，但孩子们不以为然，反正是只吃方便面，并且吃得不亦乐乎。而且我感觉，正因为这次特别的行程安排，之前孩子们在老师那儿了解了很多当地的艰苦，所以，在他们开始出发前就有节约的行动体现出来，更不要说现在正处于前往宁夏的路程中了。

夜幕降临之后，看到女儿坐在火车铺位上认真写着第一天行程记录的照片，顿时觉得此情此景用“行走的课堂”这几个字来概括特别贴切。在快要经过郑州站的时候，我们家长和师生们都在微信群里道了晚安。亲友们纷纷在我的朋友圈里留言，多么有意义的旅程。难得孩子不在家，家中顿显冷清。我戏言道，我和她爸爸已经提前进入了老年生活。

【2016年7月2日】

下午一点半的时候，女儿的28小时火车旅程结束了，安全抵达宁夏固原站。那儿据说非常凉快，空气清新，能看见美丽的蓝天白云。

随后又转乘三个多小时的大巴，才到了交流活动的学校——宁夏西吉平峰中学。坐大巴时，他们见到的风景里，有大片黄色的土地、低矮的房屋、绿意浓浓的树木……背景中到处是蓝蓝的天空白白的云朵。

傍晚时分，看见了孩子们集体玩破冰游戏的热闹场景，孩子们住宿的简易校舍，还有和当地学生合影留念的满脸愉悦。平峰学校的食堂，看起来简洁清爽，孩子们在食堂里吃了晚餐。本来有点担心在火车上已经连续吃了四顿方便面的孩子们，这顿晚餐再次吃面条会不会倒胃口。结果，平素对美食比较讲究的女儿，特别开心地告诉我，这儿的面条非常好吃。不过女儿在和当地学生的交谈之后，便发现这顿臊子面肯定是特意做的。据当地学生说，他们平时吃的面条里，除了西红柿就是土豆。

对我来说，听说他们安全到达学校的时候，就开始放心了。只是又有些担心女儿远赴异地会不会产生各种的不适应，但显然没有，听起来她和复旦二附中的学生已经很熟悉了，和当地的学生也相处得很好，食物也挺习惯的。亲友们对她的行程也是极度的关心。总之，认为他们这些孩子，这么小的年龄去遥远而艰苦的地方，极为不易也极为赞赏。

晚上，有迎接游学团孩子到来的联欢晚会。再加上差不多在路上车马劳顿了两天的孩子们确实很累了，晚会之后应该就进入了梦乡。

【2016年7月3日】

这一天，似乎就是从早饭开始的。粥，是学校食堂特意为他们煮的。虽然看起来薄能见影，不是我们传统意义上熬制的米粥，但尽量照顾孩子们饮食习惯的心思却是令人感动的。

后来女儿说，她早早地就醒了。平峰中学附近有很多流浪狗，半夜还在她们女生宿舍门外狂吠。但因为比较累，所以感觉睡得还不错。

一大帮亲友们等着我更新游学团的行程，这一天的行程看起来很满。他们参观了当地的 3 所学校及红军长征会师地将台堡。初看那些学校的照片，教学楼蛮气派，不像印象中的偏远山区学校。于是，我说感觉条件还不错。但据见过真实场景的老师和孩子们说，当地的学校有条件相当不错的，可以赞叹；但也有条件相当差的，可以怜惜。

将近晚上七点的时候，是他们的晚饭时间，但太阳仍高悬让女儿有种错觉在吃午饭。我瞧着七点时他们拍的照片，地上斑驳的光影真让人有种错觉是正午。想想也是，这么远的距离，有点时差感纯属正常。

他们游学日记早早地完成了，所以都等着天黑后看星星。而西吉，显然要八点半之后才可能天黑。

【2016 年 7 月 4 日】

宁夏游学第 4 天，一对一结伴入住当地学生家。理论上，大部分师生都需要走一个半小时到四个小时的路，全程步行，无任何交通工具。这一整天，毕竟是完全走出了老师的视线，而且各种不同的状态和路况，所以，为了安全起见，老师要求他们随时报告行程。

女儿走到她结伴同学的家中，前前后后差不多近三个小时。很早就说快到了、快到了，可就是一时半会儿到不了。一路之上，上山下坡爬梯田，可以想象平原上长大的孩子是什么样的体验感觉。女儿也很感慨，当地学生上学放学真心不容易。

不过看起来，沿途风景真不错，女儿拍到了大片蜂房，老师和其他学生也都拍到了美丽的山间风景。看到他们发送出来的一张张照片，随意这么一拍，就是很美的景色。

这是女儿第一次单独入住别人家中，而且是在这么遥远的地方，想想就是很特别的感受。住宿条件嘛，肯定是各有不同，具体住在哪个家庭是看缘分的。而我想，女儿入住的这个家庭应该是适合她的，因为她学会了做麻花，还尝到了当地的很多美食。这对于一向以吃货自居的女儿来说，确实是很幸福的心情。

我是没有想到，她第一次做麻花居然是在遥远的宁夏。但她做的麻花，看起来模样挺好看。有亲友见了照片，说她这手艺可以开店了。她说，反正已经学会了，等回上海了哪天得空也做麻花给我吃。这真是意外的收获。

随后，女儿和结伴同学去田里，摘樱桃、草莓，认识农作物去了。至于晚饭，真的是有时差，她在近十点的时候才吃到。那个时间点，在上海的人们应该要准备吃夜宵了。无意中听到结伴同学说家里晚上杀鸡吃，女儿不好意思地很想阻拦，但那会儿已经杀好了。所以，晚上她居然吃到了特别奢侈的红烧鸡，还有当地的特色菜肴土豆炒土豆粉，特意为她煮了米饭，据说还有可乐。我听到的时候，不得不觉得她所享受的晚餐在当地应该属于超豪华级别了。其实不论吃得好与坏，每个家庭对入住的孩子特别热情，可以说都是尽自己的能力给予这些走进宁夏的孩子们吃的、住的。这足以感动。

这一晚写的游学日记，孩子们都说写得根本停不下来。

【2016年7月5日】

八九点钟的时候，孩子们陆续在返回学校的路上。女儿他们出发的比较晚。主要由于结伴学生的家人们真的太热情，尽管再三推辞，可仍然为她准备了大包小包的特色食物。她昨天走了三个小时山路，要是再背那么多东西回平峰学校，估计够呛。所以，结伴学生的家人再三强烈要求开车送她回学校。经过老师批准，她返回的时候坐了小轿车，破例没有再步行。其实不管是昨天，还是今天，就算游学团的孩子们仅仅是单程，二三小时步行之后，每个孩子无一例外地走得气喘吁吁。那么可想而知，当地孩子每天上学放学的辛苦。

下午，应该是有篮球赛，以及别的活动。但师生们都应该相当忙碌，就没有看到更新照片。直到晚上，他们都说等待天黑，可以星夜呢喃。听说，那儿的星空特别美。

【2016年7月6日】

游学团结束了宁夏西吉平峰中学的行程，前往甘肃兰州。在半路上经过会宁服务区的时候，女儿很感慨地说，五天来，第一次可以洗手。宁夏西吉特别缺水，还好天气干燥，孩子们说几天不洗澡倒是可以忍受。

一路顺畅，大约只用了五六个小时，就说已经到达兰州，并且入住了宾馆。孩子们终于见到了正常的卫生间，并且可以正常用水，一下子觉得特别幸福。马上洗澡，成了重中之重。女儿说，西吉别的都挺好，唯有旱厕是无法突破的心理障碍。

进入兰州后，她给我的语言描述是：湖州的路牌、天津的路灯、上海的高楼、启东的公交车、北京的古建筑、江西的山峦、苏州的出租车……她说产生了种种错觉，想起了很多个她曾经见过的地方。

又一个新的城市，又一种新的体验！

【2016年7月7日】

早餐时间，看见在兰州的孩子们吃的早饭图，有当地的饼，还有粥和茶叶蛋。关注行程的亲友团中，尤其有过甘肃宁夏一带生活经历的，都对这样的饼评价颇高。女儿则说，因为太干，所以吃得很累。其实，人家记忆中保存的食物，他们想起来时一定是非常美好的。而这些孩子，偶尔吃一次，可能没有太大的感觉。

后来他们去炳灵寺石窟，风景看起来很不错。离宾馆可能远些，来回据说也花了六个小时。中途听女儿说，正在黄河中体会飙船的感觉，非常刺激。

因为天气预报中，总是说史上最强台风即将来袭，所以，心里很担忧。再三看了各种预告，觉得台风应该暂时不会影响上海，不会影响明天这些孩子的行程。分别这么几天，思念在心里总是蔓延的，于是，很期待他们回沪。

【2016年7月8日】

上午的行程，还是安排得较满。看到了孩子们以兰州水车园为背景拍的照片，这是百里黄河风情线上最具兰州地方特色的景点之一。另外还有他们参观甘肃博物馆时所见的镇馆之宝“马踏飞燕”。女儿对甘肃博物馆评价颇高，说很值得参观。

中午的时候，他们品尝了兰州特色的牛肉面。女儿后来惊讶自己居然吃完了两碗面，一碗粗面、一碗细面，从来没有那么好的胃口。

红色的七八月份，孩子们自然要去看一下八路军办事处。这是8天宁夏甘肃游学团的最后一个参观地。参观完之后，他们就带上满满的收获踏上了归程。

在上海虹桥飞机场安全降落的第一时间，就收到了眢老师发来的平安到达的信息。在这一天即将结束的时候，与我们家远方游学归来的女儿重逢了，喜悦满满。这是目前来说，她的最远并最久的一次行程，也最艰苦。这中间，有很多的第一次深刻感受。

这样的行程，真好。很多的心情，将在以后的日子里重温。

不敢辜负你的未来

亲爱的女儿，在云淡风轻的秋天，又迎来了你的生日。望着窗外晴朗的天气，我的心与之相似，同样日光充足。回想与你共同走过的时光，一路温柔。

那天，你见我用各种版本的生日祝福送给女友，便和我说，在你生日时也想要这样的生日礼物。这并不难。此刻，我正用一篇散文的时间，来随笔写下一些心情，以及一些祝福。

总觉得，人与人之间的感情是相互的。即使是父母与子女，也是如此。只有适度的付出，才能真正地让对方接受。我想，我一直尽力而为，想成为你引以为傲的母亲。在我的世界里，你是我生活的重点，但我也始终保持着自己的爱好、自己的追求、自己的梦想。因为，只有不失去自己，才可能成为更好的自己。而只有成为更好的自己，才有可能成为你更好的母亲。你在成长的时候，我会尽力配合你的脚步，与你同行。那样相伴同行的过程，足以让人沉醉。很多时候，你会表达对我的感谢，我也由衷地回应你，感谢你带给我更美好更精彩的人生。

常常会听到别人对你的赞誉，我的心情自然是因你而自豪的，你爸爸也一样。但我们更为欣喜的，一定是你能淡然处之。

唯有不骄傲不自满，才可能在人生的道路上继续前进，不会停止进步。

对于你的教育，无论什么时候，我和你爸爸都只能边走边感，不断调整。每个阶段的你，都是不一样的。而我们唯有摸索前行。但我们自始至终希望遵循的原则，是你尽可能地轻松快乐，并且能够走向更美好的前方。我知道，无论何时，我们都不敢辜负你的未来。

又因为你爸爸工作性质的缘故，你和我在一起的日子会更多些。在家庭教育方面，我不得不包揽了其中的大部分。我常常会反省自己，哪儿做得不够妥当，从我的内心而讲，绝不希望我对你有任何的专制无理。很庆幸经常能听到你说，妈妈，幸亏你跟别的家长不一样。我想，我是欣慰的，你了解我的想法我的态度。有时候，在大环境下，我也不能免俗，但还好，我有我的原则，我有我的坚持。在过去的岁月里，我应该是尽我的所能，为你保留住愉快的童年。当别的孩子辗转穿梭在各种学习补习班的时候，你并没有。我不喜欢如此，也不希望如此。但我希望你记住的，是我也曾说过，你想善待自己的爱好，必须也要善待好自己的现在。任何的现实，都是之前经历产生的结果。所以，要想拥有别人没有的轻松，便也需要你衡量好与目标的差距。

在过去的时光里，作为家长，虽然不强行干涉，但势必是站在了引导作用的位置上。我自认为，之前做的很多决定，都算是正确的，不让人觉得遗憾。大多数的时候，你也会给我评价，夸我与你一直心有灵犀。想来，这是很高的褒奖。

现在的你，已经越来越像我的妹妹。我心甘情愿如此。这样，我们可以用更平等的方式来交流沟通：可以没大没小的一起玩，可以谈天说地的一起聊，可以拥有很多很多的共同爱好……在我影响你的同时，你也在影响着我。这是多么值得愉悦的过程。

在已经共度过的日子里，我也有过困惑、忐忑、犹豫等，这些也是家长不可避免的情绪，可还好，我们可以直接交流，然后改变方式。一次次的尝试，只为遇见更好的你、更好的我以及更好的我们。

不论什么时候，你都要知道，爸爸或者妈妈都只是凡人，有自己的弱点，有自己的情绪，但我们会尽量减轻这些因素带来的负面影响。爱，是让所有不快消失的最好方式。

生活中，没有最好，只有更好。所以，永远都不必苛求自己，每一次只要比以前进步一点就可以了。有些事情，没有对错之分，没有高低之分，选择自己喜欢的便好。

爸爸妈妈其实反复强调的，唯有“善良、孝顺、大度”几字。若你始终在这六个字之内，便不会让我们担忧了。我一直都认为容貌可因心善而添美，面相如心。不孝顺父母、长辈的人，则根本不用评价了。大度的人，必将拥有别人不可及的快乐。人生如此珍贵，永远不要为不值得的人伤怀费心。

这些年，我们相伴成长，轻松愉快。我和你爸爸能看到你的努力、你的特长、你的喜好，能感觉到你一步步的成长，而你应该也能看到我们的努力、我们的特长、我们的喜好同样在你的生活里如影随形，然后一起继续成长。

晴朗的秋日，你的生日。我用散文随笔的方式写下了些文字，包括对你的期望和对你的祝福。仅仅是思绪到哪儿，就随意地写到哪儿。这是我喜欢的写文方式，与好坏无关，与严谨无关。一切已说的，一切未说的，相信你都会懂得。我更希望你的未来，可以用足够的快乐来诠释。

我们一直都不敢辜负你的未来；我们也深信你的未来定会如花盛开！

第四章　职业之光

越来越发现，建筑，这将是我心甘情愿为之奋斗终生的职业。

走入建筑

——献给为建筑奉献的女子们

建筑人的后代

自小时候拥有记忆起，我就知道外公是主管建筑的高官。那时，应该是敬仰、崇拜、自豪的心态吧！

外公在世时，清贫而廉洁，我自然而然地没沾光。而且，我知道，在那个特殊的年代里，正因为外公的身份，成绩优异的母亲没能上成大学，反而作为知青插队落户农村，我们一家与外公相隔几座城市而遥望。可是，彼此的亲情总是不可阻隔的。外公对我来说，只是家人而已。他的荣耀、他的官职，于我们，只是遥远而无关的光环。

年幼时的自己，深信凭自己的能力就可以拥有好的生活，不曾指望沾亲带故的不劳而获。所以，我挺安心地接受着现实。但从小时候起，寒暑假时去远在省会的外公家小住，感受到的都是与建筑有关的事情，记得他家里有很多很多关于建筑的书，也经常会有建筑的人与事来往或商谈。这是我最初对“建筑”这词语有的大致印象。那时，建筑是美好的神话！

建筑人的生活

虽然父母并不就职于建筑行业，但我的周围，不乏建筑中人，这应该也影响了我。所以，中考填志愿时，我考虑再三，选择了建筑这个专业。其实，那时我全市前十名的中考成绩，足以让我横挑竖拣任何专业。但我依然面朝建筑的方向而行。就这样，带着曾经的憧憬，正式开始了建筑世界中求知的生活。

毕业了，我顺理成章地进了建筑企业。机缘巧合，我被直接派入工地现场，从原计划的预算方向改成了现场资料。记得那时的自己，因为从所学的建筑装饰专业直接改变成现实的工业与民用建筑专业工作，我只勉强识得建筑图，结构图恰于天书一般。但年轻就是最好的资本吧！我慢慢地开始适应工地生活，翻着教材学习做资料，跟着施工员用墨斗弹线，学着用水准仪和经纬仪，帮着安全员做安全资料。我，很快地会看图了，会做资料了，甚至会做技术核定单了，包括文字包括画图，偶尔还协同编写技术方案。从下基坑，到戴安全帽走在外墙脚手架，或爬上屋面，很多施工的过程都亲身经历了。

总之，那段时间，是我认为自己最努力的时光，而且确实值得纪念。并且，那样的努力，让我也懂得了，确实行行都可能出状元。因为，当最后建设部来检查所有重点项目时，我成了全集团公司唯一被表扬的人员，在过后的几年里，老总都将我做的工程资料作为典范表扬。那时，建筑是珍贵的收获！

建筑人的妻子

正因为初入工作时，目睹着建筑的种种艰苦，以致我定的择偶标准是在建筑业之外的。但缘分总是微妙难猜，我还是嫁给了标准的建筑人。这些年，无论同城工作也好，异地工作也好，家务、孩子，自然都是我分内的事情。这其实，也是所有建筑人之妻的现状。慢慢地，我也适应了这种角色的转变，在工作与家庭之间来回奔波。孩子渐渐长大，我也跟着学习、跟着成熟。

建筑人的妻子，两地分居，独自承担家中琐事，照顾孩子、老人，早就是常见无比的事实。我想，我们足够坚强，也足够勇敢！对我来说，印象最深的，是那个夜晚，孩子拔牙后牙龈出血不止，家里却只有我和孩子。半夜带着她去医院，甚至因为跑错了医院，结果辗转了两个地方。夜色深沉，我的心情是害怕、无助。折腾到后半夜才回到家，孩子睡了，我却只是和衣躺下未敢睡去，整整一夜。其实，这样的场景，在孩子发热或者不舒服的时候，经常会有，不一定会整夜未眠，却至少是无法睡踏实，并伴着独自承受的精神压力。

我们，都是平凡的女人，原本也脆弱，只是，当生活赋予了我们这样的背景，我们同样成了家庭的支柱！那时，建筑是坚守的力量！

任何事，有执着才有可能遇见辉煌！就如现在的天气一样，热烈的温度还没有完全退去，真正的凉爽自然还无法到来，但是流着汗水的一线建筑工人们坚持着他们的信念，一砖一瓦地建设着越来越美好的未来！幸福的感觉，就在不远的前方！

前景似春来

指尖的冷意，让人感觉冬天不曾远去。只是原本寂寥的路边，忽然之间开出许多细小的花来，单调的街景色彩渐增，春来的心情油然而生。

过年的味道，在元宵节结束时便正式散去，如同渐渐远去的冬天。遍布天南海北的各个项目，恢复工作的时间点一向不同。天气暖和些的南方，最早的正月初七、初八就开工了。北方的，则因为气候寒冷的局限，一如既往地迟些。而其余在建的工程，过了正月十五，铁定也进入了施工状态。

对我来说，无论自己、家人或朋友，大多都是建筑行业中人。这不，或迟或早地，在感受过欢愉的久别重逢后，都陆陆续续地回归到了工作岗位。其实，正因为这样的生活人脉圈，不管他们还是自己，都与过不过年无关，基本处在与建筑息息相关的环境里。说起的事也好，接触的人也罢，都有着这样的氛围。只不过，每次旧年与新年更替的时间段，便是我们共同相守团聚的时光。在小假期里相遇而谈时，会自豪地回味起年前的收获，也会欣喜地期冀着年后的发展。这样的心情，犹如春风迎面，喜上心头。

午后，即使阳光很好，但空气中触及的依然是清冷。听说春天早就来了，但春暖花开的感觉还没有来得及抵达。独自一人，走在铺天盖地的阳光中，慢悠悠地在街道上经过。路旁，工人们正在整枝，锯掉整段整段的枯树干，地上树叶凌乱。不知道为什么，这个场景，让我想起了工地上的木工房。或许是那散落成一簇簇的法国梧桐种子，毛茸茸的淡黄色，远看极像木屑，所以让我有此联想。而那些树叶的飘落，更容易让人经过时，呼吸到弥散在空气中的清新。不得不说，春天的感觉近在咫尺。

刚刚恢复上班的时光，各层次、各类型的工作会议接踵而来。对我来说，关系更为密切的则是集团公司的党建工作暨企业文化建设会议。而我也凭借去年集团报副刊上发表的多篇散文与诗歌，再一次获得了集团公司的“优秀通讯员”称号。虽然不记得是连续第几年获得了，但一年年的肯定，都鼓励着我更好地写作，更好地写些和建筑相关的文字。当落笔而成的文章里溶入越来越多的建筑元素，我自己也很喜欢这样的改变。我很高兴，这些年里，能与建筑、与文字一起相携并进。

岁月慢慢逝，身处时光之中的我们也随之渐渐老去。可是，关于专业的知识，只有增长，不会缩减。站在新的起点，我许下了全新的愿望，而且我想，肯定不只是我如此，我们每个人都有着属于自己的奋斗计划。我知道，我们都可以做到，深藏起往日获得的种种荣耀，面朝新的人生目标，在新的年度里重新整装出发。项目也好，公司也好，个人也好，都可以前景似春来。

我已望见春天真的来了。

与建筑一起走过的春天

眸间，油菜花开得黄灿灿地，到处都是。四月，在绚丽中归来。它穿越过微凉的冷意，带着明媚的颜色，走向真实的春暖花开。轻轻的风，吹醒了路旁树的翠颜，整个世界都明亮起来。心，也连带着一点点晴朗起来，如沐春风时的感觉。迟迟而来的春意，到底还是来了。

一夜醒来之后，再见到路旁的樱花树时，满树已然冒出来粉彤彤的花。再看四周，各色的花并不少见。春天的景色，已经无处不在了。

这样的春色，很是熟悉。尤其，让我蓦地记起了那段在学校里的时光。那时，春天来临的时候，老师会带我们出去写生，带着颜料画笔，还有小水桶，去春光明媚中画着水粉画。一大群同学，坐在秦淮河畔，望着古香古色的建筑群，一笔一画地勾勒着它们的轮廓，多彩多色地涂抹着它们的容颜。那时的画笔，是那么生动；那时的青春，是那么明快。我们本就是学习建筑设计的学生，所以，我们倚靠着春天的明艳，用自己的视线度量着建筑的比例，用自己的画笔描绘着它们的具体。其实，那个时候，我们对未来一无所知，只是充满着由无畏的信念而生的种种憧憬。

而现在，又是一季的春天，多年以后的春天。我站在刚刚竣工的建筑群前，望着原本荒芜的工地上，已然绿叶成荫，花颜渐浓，衬着建筑群很怡人。毕业之后，很少握起过画笔，包括我众多的同学也一样，改行或改专业的，不在少数。可是，大多数的我们依然身处建筑业之内。即使不再与色彩斑斓相守，却也用自己的经验把一幢幢建筑屹立起来，或者在施工装饰的过程中把屋宇演绎成怡心的适用。我们依然如十多年前的样子，用坚定的步伐，朝着生命的春天走去！我们不再用颜料描绘现有的建筑，但我们用春天的色彩去画着自己人生的建筑。一个个春天，追随着我们的脚步，在建筑相关的事业路途中形影不离。当那些春光明媚，一次次地在夏日的炎热中被遮蔽，仿佛淡去了，甚至消失了。其实，同行的春之美景，总在心的最深处扎根停伫，与我们眼前渐渐耸立的建筑群一起，明亮如初！

我想，我们已经用青葱的岁月，用缤纷的心情，把专业之内的建筑装潢成不可超越的春天了！春天，原来一直都在！

走近建筑大师贝聿铭

穿过四月的街道，总能时不时看见悄然滋生的明亮春色。粉嫩嫩的垂丝海棠，仿佛一夜之间盛开，缤纷了街景，也缤纷了心情。冬天枯萎老去的爬山虎，重新焕发出生命的气息，绿莹莹地长出一片又一片新叶，肆无忌惮地染绿了整堵墙。

女儿说，这个季节瞧着，就会让心情莫名飞扬，何况，又是快到我男神生日！她口中的男神，其实是被誉为“现代建筑的最后大师”的贝聿铭先生，2017 年 4 月 26 日将迎来他的百岁寿诞。对很多孩子来说，男神应该是哪个明星似乎更真实些，但对女儿来说，自从她梦想未来可以从事建筑行业以来，她的男神，哦不，更确切地说，她心中的偶像就是建筑大师贝聿铭先生。

无独有偶，即将参加中考的女儿，极有意向的一所高中就是选址在贝聿铭先生年少时曾经就读过的学校里。那天特意绕道去看了，古典主义风格的建筑。远远就望见大面积的红色清水砖墙，看起来依旧很有历史感。

这个枝繁叶茂的四月里，贝聿铭先生认定的故乡——苏州，迎来了苏州美术馆举办的贝聿铭文献展。据说大量的草图、影像和文献资料均是首次展出，我们将会看到他的求学经历和创作的重要作品。女儿听闻之后，一直跟我碎碎念，也想去看看。我笑语，如果有时间，我们一定去。

说实话，我也是学建筑的，也在上学期间就知道贝聿铭先生，但是这么多年过去，对于我来说，已多半是个模糊的概念。近来，因为她的了解、她的崇拜，让我也对这位建筑大师有了更深刻的了解。

冬天里某个晴好的日子，我和女儿去了苏州，专程再去看他设计的苏州博物馆新馆，是他亲自设计的国内唯一的一个博物馆建筑，本来也是他打算作为自己建筑生涯的“封刀之作”。几年前其实去过，但后来一直没有机会再去。可女儿始终惦着这个地方，念念不忘总想再来。当再次见到这个建筑作品时，中间已隔数年，但感觉亦如昨昔。贝聿铭先生童年时因苏州而产生的文化印记，充分地渗入了建筑设计之中。殿堂式的博物馆，院落环绕，建筑与环境分明融为一体。人文气息随处可见。光影在建筑之内的变化，让建筑本身也生动起来。似是随意堆放的石片假山高低错落，傍着水，像极了连绵群山，又有白墙为背景，远远望去宛若水墨国画的效果。博物馆建筑群的现代几何风格，也是他多年建筑设计岁月沉淀之后的显著风格。那天从苏州博物馆回到家，女儿买回的博物馆明信片让我动了画画的心思。于是找出一大把五颜六色的彩铅，临摹起苏州博物馆的样子。等画完之后，女儿说，妈妈到底是半个美术生啊，画得挺好呢！我笑着回答，那是，素描和水粉好歹也是我们建筑设计类专业的基础课程啊！

也曾记得，女儿班级里的一次班会，让每个孩子都来说说自己的梦想。女儿当时制作的演示文稿，就是关于贝聿铭先生，并且她说她的梦想就是做个像他那样优秀的建筑设计师。对孩子来说，这些梦想，就像四月里悄然绽放的花儿一样，让现在和未来都充满着美好的景致！

走在这个月份的大街小巷，树叶在阳光下摇曳着各种绿色的通透，花儿在绿叶里怒放着各种绚烂的动人。心情，同样灿烂明朗。我和女儿说，过几天，我们就去苏州看贝聿铭文献展。让我们在醉人的春风里，欣然走近这位建筑大师，聆听他打动这个世界的话语。

新颖的世界

忽雨忽晴，靠近夏的日子，总是如此。岁月，平淡中流逝。每一天，都仿佛相似，却又明显地不同。

就如常用的技术，因为日日在用，似乎一时间体会不出它的特别之处。但事实上，这个世界，正在以日新月异的速度发展着。有时，只是我们没有意识到罢了。

就如那日，电视里看到3D大型打印机打印出来的房屋，真实地屹立在地面之上。我忽然意识到，一个崭新的世界即将来到。那些建筑垃圾制成的特殊“油墨”，随着打印的轨迹延伸，层层叠叠，在喷绘的手法中变成了房屋的模样。那个瞬间，可以说，有些震撼。原来，通过电脑中已经设计而成的图纸，打印建筑的速度足够让世人惊讶，而且不太会浪费材料。这样的技术，是不是颠覆了传统的建筑行业？

四月的风，轻轻柔柔地吹过，路旁的花依然娇美如昨。葱葱绿绿的春意，也依然如故。夏天，还没有真正来到。那一幢幢打印出来的房屋，在这样春暖花开的日子里，站立在上海张江高新青浦园内。听着地点，便觉得离我如此之近。它们，10幢的房屋，只需要一天一夜，就可以与我们遥遥而望。

如今，这些用3D打印技术完成的房屋，仅仅是个案。想来，等到技术成熟并能四处运用，应该还有一段漫长的日子需要磨合。但是它们，仿佛打开了我们心里一扇关闭着的门。现在，门开了，并且让人看见了一条完全崭新的路，正通向另一个神奇的世界。可以想象，形状迥异的房屋，完全可以在未来的日子里，随心所欲地出现在我们的视线里。

无独有偶，正好女儿学校组织去参加上海市的教育博览会。她回来后印象最深的，居然也是3D打印的现场效果。她还带回来一个小小的3D打印的纪念品。或许，之前，我根本没有想过，3D打印居然还会与我们从事的建筑行业有关。那些小小的物件，不足为奇。可是，到现在，见到了种种，再相连而想，便会觉得一切都是奇妙的。

日子，似乎是日出而起，日落而止。但谁能否认，无论白天也好，黑夜也好，每时每刻都有着特别的事情发生。就像这些用新技术喷绘出来的房屋，真实地展现着一个新颖的世界。它们预示着未来的一些方向。那些是我们息息相关的建筑呀！

温度，一点点地向上攀爬着。不远的时光，就是夏日炎炎的感觉。而那种热，也许在真正来临时，会让人急于躲避，但至少，在现在遥望的时候，心里所能感受到的，仅仅是洋溢而生的热情。就如想起3D技术的建筑时，心中所感：它们悄然来到我们身旁，到达的不只是几幢具体的房屋，其实还有无尽的热情，和一个即将来到全然新颖的世界！

梅雨季中的世界杯

梅雨时节，是长江中下游地区等地方特有的气候。每年初夏，持续阴沉多雨。这段时间，屋子里也特别容易潮湿。可“梅雨”这个自然气候现象，是因为适逢江南梅子成熟的时期，由此而得名。所以，还挺喜欢这个名字，尽管与之相连的，往往是绵绵不休的雨，并在天空中毫无忌惮地落。

今年，应该是因为农历闰月的缘故，梅雨季来得比往年都要晚些。因此，雨丝缠绕住的，不只是这个特别的季节，还有精彩纷呈的国际足联世界杯。不管你是否喜欢足球，周围的环境里，肯定不可避免地传递着关于世界杯的各种讯息。电视也好，网络也好，转播、直播、评论都交替不停。超市也好，街道也好，广告、抽奖、装饰都围绕不止。一转身，一抬头，都能感受到世界杯的存在。

我连个伪球迷应该都算不上。但是，从世界杯的小组赛起，我也开始不自觉地关注着。原本，没有特别喜欢的球星，所以，并没有刻意的支持某个球队。每看完一次球赛，却总会有那么几个场面值得记忆。看他们笑，看他们哭，看他们为着各自球队而奋力拼搏。我想，正因为这些，才让这样的运动吸引着全世界的人民。大多数的人对于它的热衷，绝不逊色于奥运会。

虽说没有特别喜欢的，但潜意识里，最喜欢阿根廷队，最喜欢的球员也是阿根廷队的梅西。所以，总是期待这个队能最终夺冠。不过，最后决赛的结果，还是错过了我的愿望。德国队凭借着更好的团体合作能力，最终将大力神杯收入囊中。应该说他们也是实至名归的，只不过我还是会稍稍觉得遗憾。

每场比赛，总有胜负。泪水、汗水，都情不自禁地在雨季间流下。其实，看世界杯，无论哪场，都会让人有所感悟。个人突出，并不能赢得最终的胜利。这样的比赛，更注重团体的合作性。也许是职业的影响，所以，我很不自觉地便会联想到我们从事的建筑业。每一幢房屋的建设中，唯有每一个环节都重视了，每一个参与者都认真了，才能到竣工之时，甚至之后的长期使用中，可以真正地展现出令人满意的建筑来。

世界杯的热烈气氛，浓郁万分，如影随形地伴着梅雨的季节。在其间，有人欢呼，有人悲叹。每一次足球的较量，都没有绝对的胜利。一方的得意，一定意味着另一方的失意。可是，为之疯狂的人们，都会懂得品读其中的欢笑与泪水。

当德国队夺冠时，意味着这次的世界杯也落下了帷幕。阿根廷队虽然只能屈居第二，但是，喜欢他们的球迷们在难过之后，依然会擦干眼泪，继续保持着对他们的热爱。这些热爱，会顺延着生活的方向继续下去。不幸落败的球队们，依然有着一批始终爱他们的球迷。这好比天气预报早就说已“出梅”了，但雨意依然甚浓。

当我们带着不舍的情绪，暂时与世界杯说再见时，我们也会迎着自己生活的轨迹继续向前。只要生活的态度，足够积极，足够努力，一切都有可能！我们这些建筑人，也许也已经在世界杯里，找到了一些关于人生的哲理。

夏日里，工人们的神情和热情

初夏的风，携着闷热的气息，无声而来。季节的变化，常常骤起骤落，没有曾经有过的自然过渡。

天气过于热烈，办公楼前的空地，时常被正午的骄阳晒得热气腾腾。双休日过后，再去上班，见办公楼外墙搭建了熟悉的脚手架，还有防护架。悬挂着的防护标识醒目而井然。楼前的烈日被阻挡住了，因为搭出的防护架处的安全通道，顶上是整片整片的竹笆，与牢固的钢管一起营造出凉爽怡人的环境。原来，办公楼的物业公司请专业施工队开始重新贴外墙面砖。三三两两的工人楼上楼下地忙碌着。于是，我进出办公楼视线所及之处，到处都是戴着安全帽的工人。这时，我会常常看到一些业主抱怨外墙施工带来不便，或者对那些工人投去不屑的眼神。而对于我，心中却总会不由得滋生出一种亲切感。当年，我在工地上，如同现在这样，常与工人们擦肩而过。

出门办事，因为那条路上正在修建地铁，所以，工人依然频繁可见。一个工人，迎面而来，他推着拖车，工作服脏兮兮的，可我分明看到了他眉宇间的快乐，尤其是他哼着歌曲的那种高兴劲。那一瞬间，我的情绪里也被添加进了几分快乐的感觉。有些时候，我们抱怨着生活的艰辛，黯然于事情的琐碎。可是，当看着那个乐观自信的工人推着沉重的车从我身边经过时，我却忍不住多看了几眼他的背影，他浑身洋溢着对生活的热情。

午休时分，我偶尔出门，看见坐在楼层里席地而坐的工人们，静悄悄地，四散而歇。劳累了半天，他们在蓄精养锐，以保证下午有更好的工作状态。那时我在工地上工作时，也经常看到工人们在午后这样休息。不一样的人，此景之中，却完全有了相似之处。

马路边，市政字样的围栏赫然在目，瞧起来像施工的样子。阳光直射的地方，到处是热乎乎的场景，只有微微吹来的风里，还藏着些许清凉。一些市政工人，正坐在高架下的阴影处休息。经过他们身旁，听到了电台的音乐声。仔细打量，原来在他们身边摆着一只旧式的大收音机。不禁让我怀想起学生时代常听收音机的那种感觉。真是似水流年，我早已没有了当年的习惯，却不能不说，那样的感觉还是很让人留恋的。看见他们享受音乐的幸福表情，可以说，音乐确是相通的。无论是谁，都是喜爱音乐的。谁能知道，未来，他们之中是否会出现如旭日阳刚般的农民工歌手呢！

天气，持久的炎热，夏天，应该真的来了吧！可是，工人们的神情和热情，却让我的心间如沐春风，感受着生活赋予的种种美好，简单而又舒畅。